창룡군림 5

초판 1쇄 발행 2024년 5월 2일

지은이 ⅼ 북미혼
발행인 ⅼ 최원영
편집장 ⅼ 이호준
편집디자인 ⅼ 최은아
영업 ⅼ 김민원 조은걸

펴낸곳 ⅼ ㈜ 디앤씨미디어
등록 ⅼ 2002년 4월 25일 제20-260호
주소 ⅼ 서울시 구로구 디지털로32길 30 코오롱디지털타워빌란트 1301-1308호
전화 ⅼ 02-333-2513(대표)
팩시밀리 ⅼ 02-333-2514
E-mail ⅼ papy_dnc@dncmedia.co.kr
블로그 ⅼ blog.naver.com/gnpdl7

ISBN 979-11-364-5357-0 04810
ISBN 979-11-364-5126-2 (SET)

※ 저자와 협의하여 인지는 붙이지 않습니다.
※ 이 책은 ㈜ 디앤씨미디어(파피루스)가 저작권자와의 계약에 따라 발행한 것으로 본사와 저자의 허락 없이는 어떠한 형태나 수단으로도 내용을 이용할 수 없습니다.

5

북미혼 신무협 장편소설

창룡군림

PAPYRUS ORIENTAL FANTASY

1장 ····················· 7

2장 ····················· 33

3장 ····················· 59

4장 ····················· 85

5장 ····················· 113

6장 ····················· 139

7장 ····················· 201

8장 ····················· 239

9장 ····················· 265

10장 ····················· 291

1장

 이제 가만히 있기만 해도 절대자의 기도가 뿜어져 나오는 경지에 이르렀다는 사실을 진무성은 모르고 있었다.
 "혹시 형산파의 장문인을 좀 뵐 수 있겠습니까?"
 "장문인을요?"
 "예."
 진무성이 형산파의 장문인을 볼 수 있냐고 물은 것은 무림인 입장에서 보자면 대단히 무례한 일이었다.
 형산파 같은 거물급 정파의 장문인을 알지도 못하는 사람이 만나자고 하는 것은 있을 수 없었으니까.
 아니 이렇게 묻는 것 자체가 큰 결례였다.
 당연히 다른 사람이 물었다면 도위성은 단칼에 안 된다고 잘랐을 것이 분명했다. 그러나 진무성에게만은 이상하게 그럴 수가 없었다.

"혹시 약속을 하셨습니까?"

"오늘 갑자기 올라온 것인데 약속을 할 여유가 있었겠습니까? 당연히 없었습니다."

"약속 없이는 어르신들을 만나기 어렵습니다."

"제가 무례한 부탁을 드린 모양입니다. 사과드리겠습니다."

진무성이 포권을 하며 돌아서려고 하자 도위성이 급히 물었다.

"혹시, 장로님이라도 괜찮으시다면 제가 여쭤는 보겠습니다."

장로가 분명 문파의 최고위직임은 분명했지만 당연하게도 장로와 장문인은 하늘과 땅 만큼이나 큰 차이가 있었다.

하지만 도위성으로서는 진무성을 이대로 보내는 것은 뭔가 찝찝했다.

"그래 주신다면 저도 감사드리겠습니다."

"그럼, 제가 먼저 가서 장로님께 연락을 취할 것이니 반 시진 후, 정문에서 보는 것으로 하겠습니다."

"그럼 반 시진 후 정문으로 가겠습니다."

도위성은 알았다는 듯 포권을 하고는 몸을 날렸다.

'예의도 바르고 풍기는 기도 정심한 것이 마음에 드는

군. 저게 정파라는 것인가…….'

진무성은 도위성이 사라지는 모습을 보며 중얼거렸다.

형산파가 양민들의 존경을 받는 것을 보고 갑자기 떠오른 설화영이 보낸 책에서 읽은 형산파에 대한 정보.

그는 그 정보와 자신의 머리에서 그려지고 있는 계획을 자신도 모르게 실천해 나가고 있었다.

* * *

형산파의 장로인 탁일비와 한계영은 차를 마시며 가벼운 대화를 나누고 있었다.

"탁 장로님, 이런 소소한 편안함도 곧 마지막일 수 있다는 생각이 듭니다."

"그리게 말이나. 한 장로도 아까 장문인 표정 봤지?"

"예, 봤습니다."

"무림맹에서 온 정보도 심각한 상황인데, 광혈문의 멸문으로 혈사련까지 이미 준동을 하고 있으니 얼마나 심려가 크시겠나."

혈사련의 세력권은 호남 남부부터 운남, 광서, 그리고 귀주성까지 걸쳐 있었다. 만약 그들이 준동한다면 결국 북진한다는 말인데 가장 먼저 부딪치는 문파가 점창파와 형산파가 될 수밖에 없었다.

"도대체 광혈문을 멸문한 자가 누굴까요?"

"혈사련에서 모든 정보를 막고 있으니 지금은 그저 창을 사용하는 고수라는 것 외에는 알려진 것이 없다."

"하지만 한 명이 그렇게 할 수가 있을까요?"

"광혈문을 혼자 그렇게 할 수 있는 고수는 무림 전체에 스무 명이 채 안 될 게다. 난 한 명의 짓이라는 것을 믿지 않는다."

그때, 누군가 그들이 있는 정자로 뛰어 오는 것을 느낀 둘은 대화를 멈추고 고개를 돌렸다.

"장로님께 도위성 인사드립니다!"

"도 사질이 웬일이냐? 오늘 삼대제자들 수련 감독하는 날 아니냐?"

도위성은 자신이 진무성을 만난 상황과 그가 장문인을 만나고 싶어한다는 얘기까지 죽 했다.

"위성아, 그럼 당연히 안 된다고 쫓아내거나 아니면 생포해서 무슨 수작인지를 알아내야지, 어찌 우리에게 이런 말도 안 되는 소식을 보고한단 말이냐?"

"그게…… 저도 어떻게 표현을 해야 할지 모르겠습니다. 하지만 거절할 수가 없었습니다."

도위성이 말에 둘의 표정이 어리둥절하게 변했다. 도위성은 일대제자 중 대사형이라 할 수 있어 판단력도 뛰어나고 매우 신중해서 여간한 일로는 당황한 적이 없었다.

탁일비는 한계영을 한 번 보더니 말했다.
"그럼 다른 장로들 모르게, 빈청으로 가지 말고 이곳으로 데리고 오거라."
"알겠습니다."

* * *

거대한 형산파의 정문 앞에 도착한 진무성의 앞을 다섯 명의 청년무인들이 막아섰다.
"어떻게 오셨습니까?"
"누구를 좀 만나러 왔습니다."
"누구라면 어느 분을 말씀하시는 겁니까?"
"어느 분이신지 저도 아직은 모르겠습니다."
어이 없는 신무성의 말에 청년 무인들은 검 손잡이로 손을 갖다 댔다. 대답이 수상하다고 판단한 것이었다.
"멈춰라!"
그때 안에서 도위성이 뛰어나오며 소리쳤다.
청년들은 급히 포권을 했다.
도위성은 그들의 인사는 받는 둥 마는 둥 하고는 진무성에게 말했다.
"허락이 떨어지셨습니다. 저를 따라오십시오."
도위광의 뒤를 따르는 진무성은 처음으로 보는 무림 문

파의 전경을 흥미롭다는 듯 보았다.

커다란 연무장이 산 비탈을 따라 계단식으로 대여섯 개가 연달아 지어져 있었다. 그리고 각 연무장에는 삼십 명에서 오십 명에 달하는 제자들이 수련을 하고 있었다.

특이한 점은 진무성이 멀리서 보았던 연무장과는 달리 이곳에서 수련을 하는 자들은 열 살 남짓한 어린이들이 대부분이라는 점이었다.

'기초 수련을 위한 연무장은 외부인이 볼 수도 있는 초입에 만들고, 보면 안 되는 무공을 수련하는 연무장은 저 담벽 안에 있나 보군.'

진무성은 안쪽 깊숙한 곳에서 수련을 하는 것이 느껴지자 고개를 끄덕였다.

담벼락에 붙은 작은 소문으로 들어간 도위성은 나무들이 우거진 소롯길로 들어섰다.

그렇게 도착한 곳은 아담하게 지어진 소축 앞에 만들어진 정자였다.

기다리고 있던 두 명의 노인은 도의성과 그를 따라오는 진무성을 보자 의아한 표정으로 맞았다.

도위성의 말에 뭔가 있을 것이라고 생각했는데 무공을 익힌 흔적도 없는 아주 평범한 청년이 나타났기 때문이었다.

"본 파의 장로님들이십니다. 이분은……."

정자 앞에 도착한 도위성은 정중하게 탁일비와 한계영을 소개했다.

"말학후배(末學後輩) 진무성입니다."

"형산파 장로인 한계영이요."

"노부는 탁일비일세. 그래, 장문인을 뵙고 싶어했다고?"

"좀 무례한 부탁이었는데, 이렇게 노선배님들께서 허락해 주셔서 감사합니다."

"우선 앉으시게."

"감사합니다."

진무성이 자리에 앉자 얼굴을 유심히 살피던 탁일비의 검미가 살짝 찌푸려졌다.

'상대를 압도하는 기도가 저절로 풍기고 있다…… 위성이가 이런 이유가 있었군.'

탁일비의 표정에 긴장감이 나타나기 시작했다. 진무성의 몸에서 내공은 감지가 되지 않았다. 하지만 내공도 없이 이런 기도를 풍긴다는 것은 있을 수 없는 일임을 그는 잘 알고 있었다.

"진 공자는 무림인이신가?"

"아닙니다."

진무성이 조금도 머뭇거림 없이 부정하자 그는 다시 물었다.

"그럼 무공은 배우셨는가?"

"무공은 배웠습니다."

배웠다는 말에 한계영과 도위성까지 표정이 굳어졌다. 무공을 배웠는데 그들이 느끼지 못한다면 이유는 둘뿐이었다.

내공이 미약하여 느껴지지 않을 경우와 그들의 능력으로는 알아챌 수 없을 만큼 무공이 높은 경우였다.

지금 보이는 진무성의 모습을 미루어 짐작한다면 후자일 가능성이 높았다.

"무공을 아는데 무림인이 아니라는 것은 좀 어폐가 있구먼?"

"제가 무림인에 대한 안 좋은 선입견이 있었습니다. 그래서 이제부터는 무림인이 되어 볼까 합니다."

탁일비와 한계영은 눈빛을 살짝 교환했다. 진무성의 말이 확 이해가 되지 않아서였다.

"그렇다면 본 파의 장문인을 만나려고 한 이유를 알 수 있겠소?"

"제가 북상을 하면서 처음 만난 정파가 형산파였습니다. 제가 아는 분께서 무림에 나가 강호행을 할 경우 친구를 많이 사귀라고 하시더군요. 그래서 어떻게 사귀는 것이 좋을까 생각했더니, 역시 직접 부딪치면서 사귀는 것이 가장 빠르지 않을까란 생각이 들었습니다."

"허허허~ 그러니까 진 공자께서 본 파와 친분을 가지고 싶어서 왔다는 말이오?"
"그렇습니다."
"아까 북상을 하는 중이라고 했지요?"
"예, 제 고향이 호남 최남단에 있습니다."
"여기보다 남쪽이라면 정파는 해남검파와 점창파 정도밖에 없는데 진 공자의 사문은 어디신가?"
"사문은 없습니다."
"정파는 정파와만 친분을 가진다오. 때문에, 진 공자에 대해서 전혀 정체를 모르는 상황에서 당장 된다 안 된다 답하기는 좀 어려울 것 같구료."

진무성은 이미 예상한 답이라는 듯 미소를 지으며 고개를 끄덕였다.

"제가 사실 말씀드릴 정체가 없습니다. 무림에 나와서 한 일도 거의 없고요. 다만 벌인 일이 좀 있는데 비밀로 해 주신다고 약속을 하시면 말씀드리겠습니다."

모두는 뭔가 큰일이 있다는 생각에 긴장한 표정으로 서로를 보더니 고개를 끄덕이며 말했다.

"비밀은 지켜 주겠습니다."
"살형방과 광혈문을 없애 버린 게 접니다."

순간 탁일비와 한계영이 자리에서 벌떡 일어섰다.

"지금 그게 사실이오?"

소리치는 탁일비의 눈은 경악으로 동그래졌다. 지금 무림의 최대 화두가 바로 광혈문의 멸문이었다. 그런데 진무성은 자신이 저지른 일이 얼마나 큰일인지도 모르는 것 같았다.
 "그자들이 제가 허용할 수 없는 짓만 골라서 했더군요. 용서할 수 없었습니다."
 "……정말입니까?"
 탁일비의 말투가 달라졌다.
 "거짓을 말할 이유가 있겠습니까?"
 "위성아."
 "예, 사숙."
 "장문인께 귀한 손님이 오셨다고 전하고 지금 모시고 간다고 해라."
 "알겠습니다!"
 도위성은 안색이 하얗게 변해서는 안으로 몸을 날렸다.

 * * *

 거대한 정청.
 태사의에 앉아 있는 혈사련 지존 파천혈마는 눈을 감은 채 손가락으로 손잡이를 톡톡 치고 있었다.

그가 매우 화났을 때 보이는 버릇이었다.

태사의 앞에 두 열로 도열하고 있는 혈사련의 간부들은 감히 나서지 못하고 고개를 푹 숙이고 있을 뿐이었다.

"왜 아무도 입을 열지 않는 거냐! 흑면수사!"

"예, 지존!"

"너도 이제 늙었냐? 군사라는 놈이 근래 제대로 알아내는 것이 전혀 없는 이유가 뭐냐?"

"죄송합니다."

"내가 듣고 싶은 말은 죄송합니다가 아니다! 광혈문을 작살낸 놈의 정체도 아직 알아내지 못했다고 들었는데 왜 그놈은 못 찾는 것이냐?"

"샅샅이 뒤지고 있으니 곧 단서가 나올 것입니다."

"본 련의 세력권에서 일어난 일인데 단서를 못 찾는다는 것이 말이 되느냐!"

"급할 이유는 없을 것 같습니다."

"본 련의 체면이 완전히 구겨진 사건이다. 그런데 급하지 않다는 것이냐?"

"본 련이 북상할 절호의 기회인데 급할 이유가 무엇이겠습니까?"

"그건 또 무슨 말이냐?"

"광혈문을 멸문시킨 범인을 찾으려면 본 련의 정예 무력대가 추적해야 합니다. 장강 이북은 좀 무리지만 이남까지라면 마음 놓고 활개를 칠 수 있다는 것입니다."

흑면수사의 말에 잠시 생각하던 파천혈마의 입에서 파안대소가 터져 나왔다.

"하하하하하! 그래 그래~ 듣고보니 우리에게 나쁠 일이 아니구나. 흑면!"

"예!"

"광혈문을 멸문시킨 흉수는 찾는 척만 해라. 안 잡힐수록 시간을 많이 벌 수 있을게다. 그리고 모두는 제황병을 찾는 데 더 집중하라고 해라."

"존명!"

"하하하하하! 드디어 기회가 왔구나."

고개를 푹 숙이고 있던 간부들도 파천혈마의 기분이 좋아진 것 같자 미소를 지으며 고개를 들었다.

* * *

형산파의 장문인 집무실에 도착한 진무성은 생각 외로 매우 검소한 방 안을 보며 고개를 끄덕였다.

"형산파의 장문인 종대호라고 합니다. 얘기는 들었습니다."

"진무성이라고 합니다. 장문인을 이렇게 뵙게 되어 영광입니다."

"앉으시지요."

"감사합니다."

"한 장로는 위성이와 함께 아무도 이 근처로 오지 못하게 하시게."

"알겠습니다!"

"탁 장로는 앉고."

"예!"

"자, 그럼 진 소협 얘기를 들어 볼까요? 우선 광혈문을 멸문시키신 분이 소협이 맞습니까?"

"제가 맞긴 합니다만 그게 그렇게 중요한 것입니까?"

진무성의 반문에 종대호는 어이가 없다는 표정으로 말했다.

"광혈문이 어떤 조직인지는 알고 계셨소?"

"나쁜 놈들이라는 것은 압니다."

종대호는 진무성이 광혈문에 대해서 정말 제대로 알지 못하고 있다고 판단했다.

"광혈문을 공격할 때 같이 가담했던 사람들은 지금 어디 있습니까?"

"그런 사람은 없습니다."

"그럼 혼자 공격했다는 말입니까?"

"예."

도저히 믿기지 않는 말이었다.

"사문이 없다고 하셨던데 그럼 무공은 어떻게 배우셨습니까?"

"제가 사문이 없다고 이미 말씀드렸는데요?"

"사문도 없이 무공을 어떻게 익힌단 말입니까?"

"사문 없이는 무공도 알면 안 되는 것입니까?"

"그건 아닙니다만, 친구가 되려면 상대에 대해 어느 정도는 알아야 하지 않겠습니까? 솔직히 저희는 진 소협께서 정파인지 사파인지도 모르고 있습니다."

"전 정파도 사파도 아닙니다."

"무림인에게도 정체성이라는 것이 있습니다. 정파든 사파든 마도이건 한 곳에 속해야 하지요."

"전 정파건 사파건 제게 우호적인 문파는 모두 친분을 가질 생각입니다. 다만 사람들에게 나쁜 짓을 하는 자들은 누구도 용서하지 않을 생각이니까요."

"그것이 가능하다고 생각하십니까?"

"제가 아는 분 말씀이 세상에 독불장군은 없다고 하시더군요. 당연히 혼자는 가능하지 않겠지요. 그래서 저도 세력을 하나 만들어 볼 생각입니다."

'점점 말하는 것이 점입가경(漸入佳境)이군. 지금 이자가 말하는 것을 어떻게 이해를 해야 하지?'

창방(創幇)이 말하기는 쉽지만 실지로는 매우 어려운 일이었다.

우선 창방을 하기 위해서 기본적으로 들어가는 돈이 엄청났다. 거기다 문파라면 최소한 백 명 정도의 수하를 영입해야 하는데 수하 한 명에게 드는 돈도 만만치 않았다.

그런데 돈보다 중요한 것이 있었다. 바로 문파를 이끌 고수였다. 문파의 장이 되려면 최소한 절정 고수급은 되어야 하는데 그 정도로는 군소 문파 취급밖에 받을 수 없었다.

"진 소협, 설마 신생 문파를 직접 만드신다는 것입니까?"

"전 만들면 안 됩니까?"

"안 되는 것은 아니지만 지금 무림의 상황이 좋지는 않으니까요."

"그건 제가 알아서 감수할 일이라고 생각합니다."

"광혈문을 공격하신 이유를 말해 주실 수 있겠습니까?"

"제가 싫어하는 행동을 했기 때문이라고 아까 말씀드렸는데 다시 묻는군요? 형산파와 친분을 가지고 싶어 찾아왔는데 마치 심문을 하시는 것 같군요. 저와 친분을 갖는 것을 원치 않으신다면 이만 돌아가겠습니다."

진무성의 말에 종대호는 다급하게 손사래를 치며 말했다.

"친분을 원치 않다니요? 그것은 절대 아닙니다. 다만

원체 사안이 사안이다 보니 확실하게 알고자 물은 것뿐입니다."

거대 정파인 형산파의 장문인이 일개 개인에게 이렇게 당황하여 변명을 한다는 것은 진무성을 얼마나 대단하게 생각하는지를 보여 주는 방증이었다.

"제가 광혈문을 없앤 장본인이 아니었다면 만나 주지도 않았을 것이라는 생각이 갑자기 드는군요."

종대호는 가슴이 뜨끔했다.

사실 광혈문을 멸문시킨 자를 찾는 것은 무림맹에서 최우선으로 모든 정파에게 협조를 요청한 사안이었다.

진무성을 직접 만난 것도 친분을 갖고 싶다는 그의 말보다는 광혈문을 멸문시킨 흉수라는 사실 때문이었다.

"다른 문파들도 많은데 굳이 형산파와 친분을 갖으려는 이유를 알 수 있겠습니까? 설마 탁 장로에게 말한 대로 북상하는 길에 가장 가까워서 골랐다는 말이 사실은 아니겠지요?"

"사실입니다. 하지만 더 중요한 이유는 이 근처를 지나가는데 형산파가 양민들에게 존경을 받고 있다는 것을 알게 됐습니다. 그래서 이번 기회에 친분을 가지고 싶었습니다. 오늘 친분을 못 가지고 북상을 하면 또다시 형산파를 들를 기회가 없을 거라고 생각했습니다."

"무림은 무공만 가지고 버틸 수 있는 곳이 아니라는 것을 모르시는 모양입니다."

"그래서 제가 세력을 만들고 형산파와도 친분을 원하는 것입니다. 제가 형산파에 바라는 것은 별거 없습니다. 제가 무슨 짓을 하든 저를 적대시하지 말아 달라는 것이지요. 대신 형산파에 어려운 일이 생기면 제가 최우선으로 도와드리겠습니다."

잠시 생각을 하던 종대화는 고개를 끄덕이며 말했다.

"좋습니다. 그 전에 광혈문을 어떻게 없앴는지 한 번 볼 수 있겠습니까?"

진무성의 입가에 눈에 보일락 말락 회심의 미소가 살짝 어렸다. 그가 처음부터 무공을 보였다면 얘기가 훨씬 쉬워진다는 것은 알고 있었다.

그럼에도 자신의 무공을 먼저 보이지 않은 이유는 사람의 심리를 완벽하게 파악하고 있는 마노야의 지략이었지만 그는 모르고 있었다.

"장문인 앞에서 감히 무공을 사용할 수 있겠습니까?"

"그래도 조금의 의구심도 없는 것이 서로에게 좋지 않겠습니까?"

순간, 종대호와 탁일비의 눈이 동시에 커졌다.

"이 정도면 되겠습니까?"

"돼, 됐습니다."

종대호는 경악을 한 듯 떨리는 목소리로 답했다.

"그럼 저에 대한 것은 비밀로 해 주십시오. 물론 무림맹에게도요. 전 신의를 아주 중요시 합니다."

"진 소협의 말씀도 이해는 합니다. 하지만 무림맹과도 신의로 맺어진 사이입니다. 계속 비밀로 할 수는 없습니다."

"제가 문파를 세운 후, 진무성의 이름이 알려지면 그때는 더 이상 비밀로 하실 필요 없습니다."

* * *

형산파를 내려온 진무성은 가장 가까운 마장에 들러 말부터 한 필 샀다.

방향만 북쪽으로 향하고 말이 가는 대로 갈 생각이었다. 특이한 것은 말안장 뒤에 세워 놓은 깃발이었다.

-방도 모집-
자격: 초일류급 고수.

크지 않은 깃발에 적혀 있는, 너무 간단해서 마치 장난 같은 글귀.

그가 진짜 방도를 구하기 위해 생각한 방법이었지만, 무림인들이 본다면 시비를 자초하는 글귀라고 할 만했다.

'모든 것이 계획이야. 그런데 왜 난 이 터무니없는 계획대로 움직이는걸까?'

계곡에서 일어난 후, 그는 계속적으로 떠오르는 계획들을 의식적으로 무시했다. 그런데 막상 그의 행동은 계획대로 움직이고 있었다.

말에 올라탄 진무성은 눈을 감았다. 그리고 말이 출발하자 천천히 암흑의 공간으로 빠져 들어갔다.

* * *

사방 벽면이 온갖 마귀상의 조상(彫像)으로 덮혀 있는 정청.

청 안은 보통 사람들은 들어서는 즉시 즉사할 정도로 강력한 마기로 덮혀 있었다.

"혈사련의 광혈문이 멸문을 당했다고?"

그때 듣는 것만으로도 온몸이 굳어 버릴 것 같은 음산한 목소리가 청 안에 울려 퍼졌다.

마도의 절대자인 천존마성의 성주인 만겁마종이었다.

천존마성은 광동과 강서 그리고 복건을 주 세력권으로 하는 마도 제일세였다.

계속 세력 확대를 꾀하는 혈사련과 달리 그들은 자신들의 세력권에서 벗어나는 경우가 거의 없었다.

하지만 무림인들이 느끼는 두려움은 그들이 더 했다.

"드디어 명분이 생겼으니 혈사련이 세력 확대에 나서는 것은 시간 문제일 것 같습니다."

"정파 짓은 아닐 거고…… 도대체 어떤 놈들이 그런 황당한 짓을 저질렀지?"

"아직 흉수가 누구인지는 모릅니다."

"그동안 무림이 너무 심심했지?"

"맞습니다. 그동안 너무 심심했습니다!"

도열하고 있던 간부들은 약간 흥분한 목소리로 크게 외쳤다.

"독심마유."

"예, 성주님."

"어떤 일이 벌어질지 한 번 예상해 봐라."

"혈사련은 광혈문을 멸문시킨 흉수를 찾는다는 명분으로 전 사파를 준동시킬 것입니다. 아직 확인은 안 됐지만 무림맹에서도 무력단을 발동시켰다는 첩보가 있었습니다."

"그럼 심심풀이를 떠나 재미있는 일이 벌어지겠구나."

"혈사련과 무림맹이 싸우는 것을 저희가 끼어들 필요는 없다고 사료됩니다. 그래서 저는 지들끼리 싸우도록 이간질을 벌일 생각입니다."

"그것도 좋은 계책이지."

무림이 폭풍전야의 긴장된 상태로 빠지는 것을 마치 재미있는 놀이가 시작된다는 듯 말하는 만겁마종이었다.

"군사!"

"예, 호법님."

"제황병이 나타났다는 소문이 있던데 그건 알아보았나?"

호법인 자전신마의 물음에 독심마유는 당연하다는 듯 답했다.

"아직 확인이 안 된 사안입니다. 하지만 그 소문이 사실이라면 반드시 본 성에서 차지해야 할 것입니다."

"독심마유."

"예! 성주님."

"대무신가를 만나 봐야 할 것 같다."

"그럴 필요가 있겠습니까?"

"마교가 나타났다는 소문도 있지 않느냐?"

"그 소문은 헛소문일 것입니다. 진짜 마교가 나타났다면 본 성에서 모를리 없습니다."

"그러니까 대무신가에게 확인을 해 보라는 말이다."

"알겠습니다."

"그리고 네 계획에 필요한 것이 있느냐?"

"마경단과 흑천밀의 출동이 필요합니다."

만겁마왕의 표정이 살짝 굳어졌다.

흑천밀은 추적과 암살 그리고 정보 수집에 특화된 조직으로 출동을 한다 해도 다른 조직에서 알아내기 힘들었다.

하지만 마경단은 무력 집단으로 나가는 즉시 다른 세력이 알아내는 것은 여반장이었다.

"아직 마경단의 출동은 이르다. 우선 흑천밀의 출동은 허락한다."

드디어 마도까지 움직이기 시작했다.

무림의 평화가 더 이상 이어지기는 틀렸다는 방증이었다.

* * *

북상하던 진무성이 멈춘 곳은 강서의 경계에 있는 주릉현이라는 곳이었다.

강서에서 장사로 가는 관도는 수많은 상인들이 왕래하는 아주 바쁜 길이었다. 주릉현은 강서에서 장사로 빠지는 중간 기착지로 많은 상인들이 쉬어가는 곳이었다.

강서가 천존마성의 세력권이다 보니 경계에 있는 주릉현에는 천존마성의 영향력이 상당히 강했다.

그래서인지 주릉현에는 무림 세력은 물론 무관조차 없었다. 무림 세력이 없는 곳에는 낭인이라 불리는 떠돌이 무림인들이 많이 꼬일 수밖에 없었다.

말을 마동에게 맡기고 주루에 들어선 진무성은 난감한 표정으로 주위를 둘러보았다. 주루 안이 꽉차 자리가 보이지 않았기 때문이었다.

"어서 오십시오! 혼자 오셨습니까?"

"예, 혼자입니다."

"지금 남은 자리가 저곳 하나밖에 없는데 괜찮으시겠습니까?"

점소이가 가리킨 곳은 혼자밖에 앉을 수 없는 구석에 있는 작은 식탁이었다.

"그러지요."

자리에 앉은 진무성은 주위를 한 번 훑어보았다.

'무림인이 거의 반이군?'

지금까지 거쳐 온 현들에는 무림인들이 그리 많지 않았었다. 그런데 이곳만은 유난히 무림인들이 많았다. 대부분 낭인들이었다.

"오늘 이곳에 무슨 일이 있습니까?"

점소이가 주문을 받기 위해 오자 그는 넌지시 물었다.

"아무 일도 없는데요? 왜 그러십니까?"

"무림인들이 많은 것 같아서 그럽니다."

"그건 자웅산을 넘는 상인들에게 고용이 되기 위해 모인 것입니다."

"자웅산이요?"

"장사까지 가는 데 자웅산을 넘으면 하루 반나절의 시간을 아낄 수 있거든요. 하지만 그곳에 녹림십팔채라는 곳에 이름을 올린 무시무시한 산적들이 있습니다. 그래서 급한 상인들이 이곳에서 낭인들을 고용해서 산을 넘곤 합니다."

"그렇군요."

낭인들 치고는 무공이 높은 자들이 많은 것이 좀 의아했지만 진무성은 그러려니 하며 고개를 끄덕였다.

'이런 사람이 많은 곳에서도 저렇게 살기를 대놓고 풍기며 들어오는 자들이 있군.'

거칠게 안으로 들어선 무림인 세 명이 주루에 앉은 손님들을 뚫어지게 쳐다보기 시작한 것이었다.

진무성은 슬쩍 눈을 피했다. 괜한 시비를 피하기 위해서였다.

2장

 그들은 술을 마시고 있는 다섯 명의 장한을 향해 걸어갔다.
 장한들도 그들이 다가오는 것을 느낀 듯 후다닥 자리에서 일어났다.
 "뭐냐!"
 세 명의 무인중 가운데에 있던 중년무인이 같잖다는 듯 미소를 지며 물었다.
 "우리는 기흥삼우다. 네놈들이 영치현에서 사람을 죽인 것이 맞느냐?"
 기흥삼우의 말에 장한들의 표정이 일그러졌다. 명호를 가지고 있다는 것 자체가 무림인들에게는 명예이자 무기였다.

"우린 영치현에서 아무도 죽인 적이 없습니다."

장한 중 한 명이 포권을 하며 공손히 말했다.

"네 놈들이 죽였다는 것을 본 자들이 있다! 어디서 거짓말을 치느냐!"

"기흥삼우라면 기흥에서는 상당히 유명하신 분들이라고 알고 있습니다. 그런데 왜 저희들에게 억지를 쓰십니까?"

"억지? 명색이 무림인이라는 놈들이 비겁하게 발뺌을 하는 것이냐? 피에는 피로 갚는 것이 강호의 법칙이다! 내 아우를 죽이고도 살아남을 수 있다고 생각했다면 오산이다!"

기흥삼우의 말이 떨어지자 사방에서 손님들이 자리에서 일어나더니 밖으로 나가기 시작했다. 원한에 의한 싸움은 구경도 위험하다는 것을 알기 때문이었다. 남은 사람들은 기흥삼우도 무섭지 않은 무림인 정도였다.

벌어지는 상황에 애가 타는 사람은 주루의 주인이었다. 주루 내에서 싸움이 나면 장사는 둘째치고 주루가 부서지는 것이 자명했기 때문이었다.

무림인들에게 손해 배상을 받는 것은 거의 불가능했으니 발만 동동 굴릴 뿐이었다.

기흥삼우의 손이 천천히 무기로 향하자 다섯 명의 장한의 얼굴이 사색으로 변해가기 시작했다.

그들은 그들의 실력으로 기홍삼우와 싸운다는 것은 어렵다는 것을 알고 있었다.

누군가 중재를 해 주거나 막아주지 않는다면 오늘이 그들의 제삿날이 될 것이 분명했다.

"참 시끄럽네요. 여봐요, 지금 이곳에서 식사를 하는 사람이 얼마나 많은지 알아요? 지금 당신들 너무 큰 민폐를 끼치고 있다고요!"

갑자기 들려오는 여인의 목소리에 기홍삼우는 살기띤 눈으로 소리가 나는 곳을 쳐다보았다.

그것에는 노인 한 명과 젊은 남녀 둘이 앉아있었다.

"지금 우리에게 한 말이냐?"

중간에 있던 중년인이 눈에 살기를 보이며 그 쪽으로 다가갔다.

"시금, 서희에게 한 말이에요?"

여인은 한 쪽 눈썹을 바짝 올리며 몸을 일으켰다. 순간 중년인의 얼굴에 당황스러움이 나타났다.

그녀의 옷에 수 놓아진 글자때문이었다.

"아, 아닙니다. 제가 실수를 했습니다."

그는 급히 포권을 하며 말했다.

-제갈-

호남의 지배자라고 할 수 있는 제갈세가의 일원이라는 증표였다.

작은 지역에서 큰 소리치는 기흥삼우따위는 감히 건드릴 수 없는 곳이었다.

"좋게 말할 때, 이만 가세요. 저희는 이곳이 시끄러워지는 것을 원치 않아요."

그녀의 말에 기흥삼우는 다섯명의 장한들을 노려보더니 어쩔 수 없다는 듯 포권을 하고는 밖으로 나갔다.

기흥삼우가 나가자 주루 안은 다시 시끄러워졌고, 그들을 쫓아낸 제갈세가 사람들은 아무 일 없었다는 듯 다시 식사를 하기 시작했다.

'매우 잔인한 자들이고 무공도 상당한 수준임에도 여인의 말 한마디에 그대로 돌아간다…… 제갈 세가의 위세가 대단하긴 하구나. 제갈세가와도 친분을 갖는 게 좋겠군.'

진무성은 다음 목적지를 제갈세가로 정했다.

* * *

말을 타고 관도를 천천히 나아가던 제갈장문은 기흥삼우를 쫓아냈던 제갈민아를 불렀다.

"민아야."

"예, 숙부님."

"오늘 일은 협의심에 나선 것이라는 것은 안다. 그러나 기흥삼우는 너 혼자서 상대하기 쉽지 않은 자들이다. 오늘 일로 분명 네게 원한을 가졌을 것이니, 다음 강호행을 할 때 그들을 만나면 조심해야할 것이다."

"그래봐야, 자신보다 약한 자들이나 건드리는 비겁한 놈들이잖아요. 전 조금도 겁나지 않아요."

"겁나지 않다는 것은 자만일 뿐이다. 자만은 곧 죽음으로 이어진다고 배우지 않았느냐? 한순간 실수가 그대로 죽음과 연결이 될 수도 있다는 것을 잊지 말거라."

"알겠습니다~ 조심할게요."

제갈민아가 애교스럽게 말을 하자 제갈우영이 꾸중하듯 말했다.

"민아야, 숙부님께서 말씀하실 때는 좀 집중해서 들어라."

"피! 오라버니나 십중하세요. 전 언제나 집중하니까요."

둘이 대화하는 모습을 보며 제갈장문은 고개를 살래 저으며 미소를 짓고 말았다.

"어머! 오라버니 저것 좀 봐요."

외유 나온 것이 마냥 즐거운 듯 사방을 둘러보던 제갈민아의 눈에 흥미로운 것이 들어왔다.

그녀가 가리키는 곳을 쳐다본 제갈우영도 재미있다는 듯 웃음이 그려졌다.

그들을 앞서가는 말의 안장에 붙어있는 작은 깃발의 글귀가 그들의 눈에 들어왔기 때문이었다.

"숙부님, 저런 깃발을 달고 다니는 것은 좀 이상하지 않아요?"

그녀의 말에 제갈장문은 심각한 표정으로 말했다.

"이상한 것이 아니라 매우 위험한 짓이다. 초일류급에 들지 못한 자들은 자존심이 상해서 시비를 걸 것이고 초일류급 이상인 자들은 기분이 나빠서 시비를 걸겠지. 내가 보기에는 저 자가 멀쩡하게 다니고 있는 것이 의아할 정도다."

그의 말에 잠시 생각하던 제갈민아가 물었다.

"숙부님, 말 주인이 무림인도 아니고 아직 젊은 분 같은데 저런 거 가지고 다니면 안 된다고 알려 주어야 하는 것이 아닐까요?"

"이미 늦은 것 같구나."

제갈장문은 말을 멈추며 말했다.

진무성의 앞을 누군가가 막아섰기 때문이었다.

"언뜻 봤는데 아주 재미있는 행동을 하고 있구만."

진무성의 앞을 막은 노인은 재미있다는 표정으로 물었다.

"누구십니까?"

"난 무림에서 벽력신권이라고 한다."

"유명하신 분이십니까?"

"유명? 하하하하! 지금 나보고 유명하냐고 물은 것이냐?"

벽력신권은 무림 백대고수에 이름을 올린 권법의 고수였다. 정파인으로 불리기는 하지만 손속이 잔인하여 사파인들에게는 저승사자로 불릴 정도였다.

"무공을 보아하니 유명하신 분 같군요."

진무성의 말에 벽력신권의 표정이 살짝 변했다. 아무리 보아도 자신의 무공을 평가할 능력이 없어보였기 때문이었다.

"네가 지금 내 무공수준을 가늠할 자격이 있다고 보는 거냐?"

"사람들이 많은 곳이니 조금 한산한 곳으로 옮겨 대화를 나누는 것이 어떻겠습니까?"

"노부가 써 놓은 글귀가 귀여워서 한 번 말을 걸어 준 것뿐이다. 너랑 다른 곳에 가서 대화할 시간은 없다."

벽력신권이 그에게 말을 건 것은 시비를 걸기 위함이 아니라, 진무성이 너무 무림 생태에 대해 모르는 것 같아. 훈계도 하고 깃발도 내리게 하기 위함이었다.

"본 방에 방도로 들어오시면 한 달에 금자 한 냥씩은 드릴 수 있을 것 같은데 말입니다. 시간이 없으시다니 인연은 없는 것 같습니다. 이만 비켜 주시지요."

"이놈 봐라? 충고 좀 해 주려고 했는데 은근히 사람 약 올리는 재주가 있었네? 정말 혼이 나야 정신을 차리겠구나?"

말하던 벽력신권은 미소를 지며 자신을 쳐다보는 진무성과 눈이 마주치자 흠칫한 표정으로 입을 닫았다.

'뭐, 뭐야……?'

도저히 형언할 수 없는 공포감.

그가 천하를 수십년 간 횡행했지만 두려움도 느껴본 적이 없었다. 그런데 공포감이라니……

"본 방의 방도가 되는 것에 관심이 없으시다면 전 이만 가 보겠습니다."

진무성은 말을 몰아 벽력신권의 옆을 지나갔다.

[숙부님, 벽력신권이면 굉장히 유명한 고수 아닙니까?]

[대단한 고수지…… 그런데 저렇게 쉽게 보내 준다고?]

제갈장문은 벽력신권과 친분은 없었지만 그를 본 적이 있었다. 그는 성격이 불같아서 젊은 진무성의 저런 건방진 행동을 그냥 넘어갈 리가 없었기 때문이었다.

[그런데 벽력신권이 왜 여기에 왔을까요?]

[제가 봐도 좀 이상하긴 합니다. 저번에 본 가의 상행 때문에 이곳에 온 적이 있는데 무림인들이 지금처럼 많지는 않았거든요.]

제갈민아와 제갈우영의 전음에 제갈장문도 동의한다는

듯 고개를 끄덕였다. 어쩌면 그들이 온 이유와 같을지도 모른다는 생각이 들었기 때문이었다.

그때 제갈장문의 검미가 살짝 좁아졌다.

'저 자들이 왜 여기에?'

"하하하! 제갈 대협 오랜만입니다."

네 명의 중년인중 한 명이 반갑다는 듯이 포권을 했다.

"야차귀도께서 여긴 어쩐 일이시오? 주릉현은 본 가의 세력권이라는 것을 잊으셨소?"

"제갈 대협같은 분이 여기까지 오셨다는 것이 전 더 놀랍습니다. 혹시 참마도가 나타났다는 소문을 듣고 오신 것 아니십니까?"

"참마도가 나타났다는 것이 사실이건 아니건, 그것은 본 가의 세력권에서 일어난 일이요. 혈사련에서 상관할 일이 아니라는 것이오."

"당연히 참마도 때문에 온 것이 아닙니다. 저희는 광혈문을 멸문시킨 흉수를 추적해 온 것입니다. 설마 수백 명을 죽인 흉수를 추적하는 것까지 막는다면 본련과 척을 질 생각도 하셔야 할겁니다."

"본 가가 혈사련을 두려워할 것이라고 생각하시는거요?"

"대제갈세가에서 본련을 두려워할 것이라고 생각하지는 않습니다. 하지만 굳이 싸울 필요가 있겠습니까?"

"혈사련에서 흉수를 추적하는 것을 막지는 않을 것이오. 하지만 그 이외의 다른 행동을 한다면 본 가에서 나설 수밖에 없다는 것을 명심하시오. 가자."

제갈장문은 제갈민아와 제갈우영에게 눈짓을 하고는 그들의 옆을 지나쳤다.

"영주님, 너무 건방진 것 같은데 그냥 참습니까?"

제갈장문의 태도가 마음에 안 드는지 사혈도가 살기를 살짝 보이며 말했다.

"제갈장문은 무리가 함부로 할 자가 아니다. 그리고 최대한 시비를 억제하라는 명을 잊었느냐? 우린 참마도를 찾는 것이 임무다. 그것에만 신경을 써라."

참마도는 사백년 전 무림에 피바람을 일으켰던 참혈마군이 사용하던 도였다.

만년묵철을 사용하여 만들어 어떤 것도 걸리기만 하면 파괴한다는 소문이 있는 명도였다. 하지만 무림인들이 원하는 것은 도의 가치보다 그 도에 숨겨져 있다는 참혈마군의 참마도법이었다.

무공비급이라면 자다가도 깨어난다는 부림인들이 주릉현에 몰려든 것은 어쩌면 당연한 일이었다.

하지만 왜 지금 참마도에 대한 소문이 순식간에 무림에 퍼졌는지를 의심하는 사람은 있을까······

*　*　*

　주릉현 근처는 관도만 벗어나면 무성한 숲으로 백장만 들어가도 인적을 볼 수 없는 곳이 많았다.
　천천히 말을 몰고 숲속으로 들어선 진무성은 작은 공터를 발견하자 말을 세웠다.
　곧 뒤를 이어 벽력신권이 나타났다.
　"왜 따라오시는겁니까?"
　진무성은 말에서 내리며 말했다.
　"나보고 한적한 곳에서 대화를 나누자고 하지 않았느냐?"
　"방도가 되는 것에 흥미를 느끼지 않는다면 대화 자체가 필요없지 않겠습니까?"
　"내가 흥미가 있다고 하면 어쩔 것이냐?"
　"정말입니까?"
　"난 일구이언은 하지 않는다."
　그가 따라온 것은 왜 자신이 공포를 느꼈는지에 대한 답을 찾기 위해서였다.
　그는 눈을 크게 뜨며 진무성의 눈을 주시했다. 그리고 곧 고개를 갸웃했다.
　'아까 분명 눈을 보고 내가 그런 것 같은데…… 왜 지금은 괜찮지?'

"방도가 되기 위한 조건을 말씀해 보시지요."

진무성의 말에 벽력신권은 그를 의아한 듯 쳐다보았다.

보통 문파를 세울 때는 그 문파만이 추구하는 목적과 정의가 있었다. 특히 정체성은 문파 설립에 가장 중요한 것이었다.

그런데 방도로 받아 주려면 어떤 조건을 원하느냐고 묻는 것은 들어 본 적이 없는 일이었다.

"조건을 네가 아니라 내가 말한다는 것이냐?"

"제가 세운 방의 첫 번째 방도인데 당연히 어느 정도 특별 대우는 해 드릴 생각입니다."

"특별 대우? 정말 어이가 없군. 내가 이래 봬도 백대고수에 이름이 올라간 사람이다."

"그래서 특별 대우를 해 준다고 한 겁니다. 조건을 말하시든가 그냥 입방을 하시든가 아니면 그냥 가시던가 빨리 정하시지요. 저도 할 일이 있습니다."

'이놈이!'

불 같은 성격의 벽력신권이 여기까지 쫓아오고 아직까지 참고 있다는 모습은, 그를 아는 사람들이라면 있을 수 없는 일이라고 했을 것이 분명했다.

"네놈이 스스로 무덤을 파는구나. 좋다, 조건을 말하지. 단, 조건을 듣고 자신 없으면 포기해도 된다."

"말씀해 보시지요."

"네가 나의 삼 권을 한 발자국도 움직이지 않고 그 자리에서 받아 낸다면 내가 너의 방도가 되어 주마."

"그건 제게 너무 유리한 것 같군요. 봉급이나 방도가 되면 받을 수 있는 특권은 원하지 않습니까?"

"그딴 것은 필요 없다."

"그럼 저도 조건 하나를 말해도 되겠습니까?"

"뭐냐?"

"삼 권을 받은 후, 삼 초식을 공격하겠습니다. 만약 받아 내지 못한다면 제게 진정으로 충성을 맹세해 주십시오."

"설마 넌 나의 삼 권을 받을 수 있다고 생각하는 거냐?"

벽력신권은 의아한 눈으로 다시 한번 진무성을 훑어보았다.

'도대체 이놈이 뭘 믿고 이러는 거야?'

하지만 아무리 봐도 진무성의 자만감의 이유를 알 수가 없었다. 아까 잠깐 느꼈던 공포가 좀 찝찝하기는 했지만 백대고수인 그를 삼 초 안에 제압하는 것은 백대고수가 아닌, 십대고수조차 불가능할 것이라는 자부심이 있었기 때문이었다.

"그럼 네가 삼 권을 받지 못하면 넌 평생 내 하인으로 살아라."

"삼 초 안에 제압을 못해도 하인이 되어 드리지요."

너무 자신만만한 진무성의 말에 벽력신권의 얼굴에 분노가 떠올랐다.

"허세가 아주 대단하구나. 내가 좀 바쁜 사람이라 하인이 되면 꽤 힘들 게다."

"제 수하가 되어도 쉽지는 않을 것입니다. 시작하시지요."

벽력신권은 두 주먹에 진력을 집어넣기 시작했다. 그의 권(拳)은 만년거석도 한 방에 가루를 만들 수 있을 만큼 강했다.

최소한 이갑자 이상의 내공이 없다면 그의 권을 정면으로 받고 그 자리에 그냥 서 있는다는 것은 불가능했다.

벽력신권은 주먹에 내공을 모으기 시작했다.

'이렇게까지 하고 싶지는 않았다. 네놈의 건방짐 탓을 하거라.'

벽력신권의 자신의 진신절기인 벽력삼권을 처음부터 사용했다.

우르릉~

쾅!

벼락소리와 함께 엄청난 굉음이 터지며 진무성이 서 있는 곳을 중심으로 반경 일 장 정도가 뿌연 흙먼지로 덮혀 버렸다.

벽력신권은 곧 제 이권을 펼쳤다.

우르릉~

쾅!

더 큰 흙먼지가 피어올랐다.

하나 커다란 소리와 다르게 벽력신권의 표정이 일그러졌다.

'이, 이놈 정체가 뭐야?'

흙먼지로 시야가 가려 진무성의 상태를 직접 볼 수는 없었지만 그는 진무성이 멀쩡하다는 것을 느낄 수 있었다.

그는 십이성 전력을 다해 마지막 삼권을 날렸다.

우르릉~

쾅!

지금까지와는 비교가 안 될 정도로 강력한 굉음이 터져 나왔다.

주먹을 꽉 쥔 벽력신권의 팔이 부르르 떨렸다. 팔을 타고 강한 고통이 올라왔다.

'공격을 했는데 고통을 느끼다니……'

딱딱하게 굳어진 그의 얼굴색이 점점 창백지기 시작했다.

먼지가 천천히 가라앉자 조금도 자세가 흐트러짐 없이 서 있는 진무성의 모습이 드러났기 때문이었다.

"허허! 이제 보니 내가 무지했구나. 너의 정체가 뭐냐?"

"우선 제 삼 초를 받은 후에 얘기를 계속하시지요."

"내 삼권을 받아 냈다고 나를 우습게 보는 모양인데 그리 쉽지는 않을게다."

"받아 내지 않고 피하셔도 됩니다."

"피해? 너 정도는 피하지 않고도 얼마든지 막을 수 있다!"

"그럼 알아서 하십시오."

벽력신군의 눈이 커졌다.

진무성의 손에서 뭔가 솟아나더니 창 모양으로 바뀌었기 때문이었다.

"신병이기(神兵利器)를 가지고 다니는구나!"

"그럼 갑니다."

벽력신권의 눈이 휘둥그래졌다. 무기를 쓰는 무림인들보다 권법과 장법을 사용하는 무림인들의 움직임이 더 빠른 것은 당연했다.

만약 권장을 사용하면서 무기를 든 자들보다 느리다면 싸움 자체가 될 수 없기 때문이었다.

벽력신권 역시 강력한 권과 함께 대단히 빠른 보법을 지니고 있었다.

'너, 너무 빠르다.'

벽력신권은 황급히 팔을 빠르게 휘저었다. 그냥 휘젓는

것 같지만 강력한 권풍이 일어나며 그의 몸에 강기로 된 막을 형성했다.

"윽!"

벽력신권은 자신의 옆구리가 따끔한 것을 느끼자 권으로 내려쳤다. 순간 그는 견정혈에 마비를 느꼈다.

"이럴 수가……."

벽력신권은 자신이 삼 초도 못 버티고 겨우 이 초 만에 제압을 당했다는 사실이 도저히 믿어지지 않았다.

벽력신권은 일그러진 얼굴로 온몸을 부들거렸다.

한참을 말없이 진무성을 쳐다보던 그는 눈을 크게 떴다. 진무성의 몸에서 갑자기 절대자의 기도가 그의 온몸을 덮쳤기 때문이었다.

'이런…… 엄청난 기운이…….'

그 기도가 내공이 아닌 자연적으로 뿜어져 나왔다는 사실이 더욱 벽력신권을 경악하게 만들었다.

"방심하신 것 같군요. 다시 해 보시겠습니까?"

넋이 빠진 눈으로 멍하니 있던 벽력신권은 진무성의 말을 듣자 정신 든 듯 눈을 크게 뜨더니 그 자리에 털썩 무릎을 꿇었다.

"신 벽력신권 장광 이제부터 주군께 충성을 맹세하겠습니다."

벽력신권의 갑작스런 변화에 오히려 진무성이 의외의

표정을 지었다.

"정말 제게 충성을 맹세하신 겁니까?"

"제가 무림에서 괴팍하다고 소문이 나 있지만 약속은 철저히 지킵니다. 무엇보다 지금 충성 맹세를 한 이유는 꼭 약속 때문만은 아닙니다."

"그럼 다른 이유가 있다는 것이군요?"

"평생을 가슴에 묻고 있는 있는 철천지 원한이 있습니다. 주군의 도움을 받고 싶습니다."

호탕함을 넘어 두려움조차 없이 천하를 종횡하던 벽력신권의 입에서 철천지 원한이라는 말을 듣자 진무성은 상당히 놀란 듯했다.

"제게 충성을 맹세한 분에게 원한이 있다면 도와드려야지요. 우선 일어나십시오."

진무성의 말과 함께 그의 다리가 저절로 펴지며 제압된 견정혈까지 풀리자 그의 얼굴에는 또 다른 의미의 놀라움이 나타났다.

"주군께서 누구신지 물어도 되겠습니까?"

"전 진무성이라고 합니다. 사문은 없습니다. 무림에 나온 지는 한 달 정도 됐고 살형방과 광혈문을 없앤 것이 접니다. 됐습니까?"

"……광혈문을 없애신 분이 주군이라는 말씀입니까?"

벽력신권이 백대고수에 이름을 올린 초절정 고수이긴

하지만 홀로 광혈문을 상대할 수는 없었다. 수백 명의 수하들은 차치하더라도 문주인 광혈신마 역시 백대고수였고 심지어 그보다 더 높은 순위에 올라 있는 고수였기 때문이었다.

"그럼, 방도는 몇 명이나 거두셨습니까?"

이어지는 질문에 빈무성은 피식 웃으며 답했다.

"노선배가 첫 방도입니다."

예상치도 못한 장소에서 생각보다 더 강한 고수를 방도로 받아들인 그는 기분이 좋았다.

* * *

"아가씨, 대인께서 지금 주릉현에 계시답니다."

"주릉현? 거긴 또 왜 가셨을까?"

초선의 보고에 설화영은 미소를 지으며 반문했다.

"저야 모르지요. 그런데 방도 구한다는 깃발을 말에 붙이고 다니시나 봅니다."

"방도?"

"예, 유 총관님 말씀에 따르면 개파하시려는 것 같답니다."

설화영의 얼굴에 다행이라는 표정과 의아함이 동시에 떠올랐다.

'신념이 강하시고 여간해서는 절대 변하는 성정이 아니신데…….'

그녀가 본 진무성의 가장 큰 단점이 다른 사람과의 교류가 너무 어려운 사람이라는 점이었다.

아무리 강한 사람이라 해도 홀로 천하를 상대할 수는 없었다. 그런데 스스로 문파를 만들려고 한다는 것은 그만큼 세상의 흐름에 좀 더 다가갔다는 말이 되니 다행일 수밖에 없었다.

그러나 그런 진무성의 변화가 의아한 것도 사실이었다.

설화영은 쪽지에 뭔가를 적더니 초선에게 건네며 말했다.

"초선아!"

"예, 아가씨!"

"이곳에서 상공을 뵐 것이다. 총관께 전하거라."

"알겠습니다~"

초선은 그녀가 진무성을 만난다는 것이 괜히 기뻤다.

     *   *   *

"주군, 그럼 아직 방 이름도 정하지 않은 것입니까?"

"예, 그리고 아직 창방한 것은 아니니까 사람들이 있을 때는 주군이라고 하지 마시고 그냥 편하게 호칭하십시오."

"그럼 공자님이라고 하는 것이 어떻겠습니까?"

"공자님이요?"

"예."

"제가 그런 칭호를 받아 본 적이 없어서……."

"그래도 그게 가장 보편적입니다."

"……그럼 어쩔 수 없지요."

"그런데 지금 온 천하가 주군을 찾는 것은 아십니까?"

"저를요?"

"광혈문을 멸문시키셨으니까요."

"그게 왜 천하가 저를 찾는 이유가 되지요?"

벽력신권은 진무성이 진짜 무림에 초출했다는 것을 인정하고 말았다.

"광혈문이 혈사련에 소속된 문파입니다. 그러니……."

그는 자신이 예상하거나 알고 있는 상황에 대해 자세히 설명을 했다.

사실 천하 정세를 얇은 책 한 권에 모두 담기는 어렵다. 설화영이 그녀에게 전해 준 정보에는 아주 중요한 문파만 담겨 있어서 광혈문과 혈사련에 관한 연관성이 적혀 있지 않았다.

만약 그것을 알았다면 마노야는 광혈문의 멸문이 무림

에 일으킬 바람을 예상할 수 있었을 것이었다.

"듣고 보니 큰일이긴 하군요. 이젠 되도록 말조심해야겠습니다."

"창을 사용하는 자를 찾는데 주군께서는 창이 없으니 쉽게 찾지는 못할 것입니다. 그런데 이제 어디로 가실 예정이십니까?"

"장사로 갈 겁니다. 그런데 장노께서는 이곳에는 왜 오신 겁니까?"

"자웅산에 참마도가 나타났다는 소문이 돌았습니다."

"참마도가 뭡니까?"

"사백 년 전 참혈마군이라는 희대의 마황이 나타나 큰 혈겁을 일으킨 적이 있었습니다. 그자가 사용한 도를 참마도라고 합니다."

"일개 도를 찾기 위해 장노 같은 분까지 오시다니 대단한 무기인 모양입니다?"

"물론 주군께서 갖고 계신 신병이기와 비교도 안 됩니다. 다만 그 도에 참혈마군의 무공이 숨겨져 있다는 소문 때문에 찾는 것이지요."

"장노께서도 참마도를 찾으려고 오신 겁니까?"

"저는 권을 익힌 사람입니다. 참마도를 찾는다 해도 제게는 크게 유용하지는 않습니다."

"그럼 왜 오신겁니까?"

"사실은 제가 찾는 자들이 있습니다. 그래서 귀한 물건이 나타났다는 소문만 나면 달려옵니다. 이번에 제 사형제를 만나면 그들도 주군께 소개해 드리겠습니다. 사형제이긴 하지만 개성들이 강해서 주군의 수하가 될지는 알 수 없지만 제가 최대한 잘 말해 보겠습니다."

"사형제가 있으십니까?"

"휴우~ 예, 사형제가 있습니다."

벽력신권은 무슨 사연이 있는 듯 한숨을 내쉬며 답했다.

"제게 말하실 마음이 드시면 그때 얘기해 주십시오."

"알겠습니다."

"우선 자웅산 쪽으로 가지요."

"제가 안내하겠습니다."

앞장을 서는 벽력신권을 보는 진무성은 이상하게 든든한 느낌이 드는 것을 감출 수 없었다.

그렇게 진무성의 첫 수하가 함께 길을 떠나기 시작했다.

3장

"숙부님 오셨습니까?"

제갈장문을 기다리고 있던 제갈우식은 제갈장문이 다가오자 급히 인사했다.

"그래, 수고했다. 상황은 어떠냐?"

"이미 삼백 명 이상이 자웅산에 올라갔습니다. 심지어 지금도 계속 올라가고 있습니다."

제갈세가의 주릉현 지가를 책임지고 있는 제갈우식은 며칠 전 참마도가 자웅산에 나타났다는 정보를 입수했다.

이후 곧장 지가의 제자들을 자웅산으로 파견했으나 별 소득이 없었다. 그런데 그들이 정보를 얻은 지 하루 만에 무림인들이 주릉현에 몰려들기 시작한 것이다.

그는 곧 본가에 지원 요청을 했고 그래서 온 것이 제갈장문이었다. 제갈우영과 제갈민아를 데려온 것은 사안이 크게 중요치 않다 판단했기에 경험을 쌓아 주기 위해서였다.

 이미 참마도가 없음을 제갈세가 내에서 확인했으니까.

 그런데 막상 도착해 보니 예상했던 것보다 상황이 매우 엄중했다.

 "내가 오면서 보니, 대단한 고수들이 많이 보였다. 참마도가 자웅산에 나타났다는 정보를 들은 것이 삼 일 전이라고 했지?"

 "예!"

 "삼 일 만에 이렇게 많은 무인이 모였다는 사실이 너무 이상하지 않느냐?"

 "저도 이상하다는 생각을 했습니다."

 "참마도에 대한 정보는 어디서 얻은 것이냐?"

 "자웅산의 약초꾼이 무림인 여럿이 싸우는 것을 보았다고 합니다. 그때 그들 중 한 명이 참마도를 내놓으라고 소리쳤다고 했습니다."

 "그것만으로는 진짜 참마도인지 알 수 없지 않느냐?"

 "저희도 그것을 확인했습니다. 약초꾼의 진술대로 무림인들이 싸움을 벌인 흔적뿐 아니라 시신도 세 구를 발견했습니다. 물론 참마도는 발견하지 못했습니다."

"무공도 모르는 약초꾼이 참마도라는 말을 들을 정도로 가까이 있었는데 무림인들이 발견을 못했다는 사실이 너무 인위적이라는 생각은 안 들더냐?"

"저도 수상함을 느끼고 바로 약초꾼을 찾았지만 찾을 수가 없었습니다."

"이상해…… 이해되지 않은 상황이 연달아 일어났어. 아무래도 음모가 있는 것 같다는 생각이 드는구나."

제갈세가의 일원답게 그의 추리는 매우 날카로웠다.

만약 그의 짐작이 맞다면 도대체 누가 이런 짓을 저질렀을까…….

* * *

"몇 명이나 모였더냐?"

대무신가의 호남지가주 정필용은 커다란 산의 지적도를 주시하며 물었다.

"최소 오백 명 이상 몰려들었습니다."

"제갈세가에서 쓸 만한 놈들은 몇 명이나 왔더냐?"

"제갈장문이 후기지수 두 명을 데리고 왔습니다."

"천하제일 지자들이 모여 있다는 제갈세가도 어쩔 수 없군. 그 외 다른 놈들은 있더냐?"

"혈사련에서 야차귀도와 사혈객이 왔습니다. 광혈문을

멸문시킨 흉수를 잡기 위해 왔다고 핑계는 대지만 결국은 끼어들 것입니다. 그 외에도……."

보고자는 십여 명의 명호를 더 말했다. 그중 한 명의 명호에 정필용은 몸을 돌리며 물었다.

"벽력신권도 왔다고?"

"이번에 몰린 인파 중 최고수급 중 한 명입니다."

"새로운 무공을 배울 나이도 지났고 그렇다고 어떤 세력에 속해 있지도 않고 심지어 권을 쓰는 놈이 왜 참마도를 노리고 온 거지?"

잠시 생각하던 그는 다시 말했다.

"벽력신권에 대해 자세한 조사가 필요하다고 총가에 보고해라."

"알겠습니다."

"계획에 한 치의 어긋남도 없도록 하라고 수하들에게 한 번 더 주의를 주거라."

"예!"

제갈장문의 의심대로 뭔가 음모의 냄새가 풍기는 대화였다.

* * *

"이게 처음이 아니라고요?"

벽력신권의 말에 진무성이 이상하다는 듯 반문했다.

"예. 제가 무림을 횡행하는 동안 이번 같은 일이 최소한 세 번이 있었습니다. 천하가 원체 넓다 보니 눈치채지 못하게 벌어진 일까지 합친다면 더 있을 겁니다."

"그걸 다른 세력들은 모르고 있을까요?"

"눈치를 챈 세력도 분명 있을 것입니다. 하지만 공개적으로 나선 적은 없습니다."

"사건이 일어날 때마다 상당수의 사람들이 죽었을 텐데 왜 가만히 있었을까요?"

"그것을 저도 알고 싶습니다."

"그럼 장노께서는 왜 이 일에 그렇게 관심이 많으신 겁니까?"

"두 번째 사건이 벌어졌을 때, 저희 사부님께서 그 사건에 휘말렸습니다. 고아였던 저희 사형제에게 사부님은 사부님이기 전에 은인이었고 아버지였습니다."

벽력신권은 잠시 감회에 잠긴 듯 말을 멈췄다가 다시 말을 이어 갔다.

"사부님은 당시 벽력문의 문주로 벽력신군으로 불리시는 분이셨습니다. 거대 무림 문파가 없는 강소성에서 제법 큰 영향력을 지니고 있었습니다."

사십 년 전 벽력신군은 당시 백대고수 중 상위에 들어 있는 초절정 고수였다. 성격이 불 같아서 눈에 거슬리는 불의는 참지 못하여 싸움이 끊이질 않았지만 그 지역의 양민들에게는 큰 존경을 받고 있었다.

그에게는 열 명의 제자가 있었다. 그중 한 명이 벽력신권이었다.

"패천경이라는 마교의 패천신마가 사용했다는 비급이 나타났습니다. 당시 강소가 난리가 났었습니다. 그때 어떤 자가 저희 사부님을 찾아왔습니다. 이후 무슨 대화가 오갔는지는 아직도 모릅니다. 그런데 그가 떠난 후, 열흘도 안 되어 패천경을 노린 무림인들이 벽력문을 쳐들어왔습니다. 사부님께서 돌아가시고 벽력문은 그날로 문을 닫았습니다."

벽력신권은 그렇게 오래 전임에도 여전히 괴로운 듯 표정이 일그러졌다.

"왜 쳐들어온 것입니까?"

"패천경이 사부님께 있다는 소문이 퍼졌기 때문이었습니다. 그리고 실지로 패천경이 사부님 집무실에서 발견이 되었다고 하더군요. 사부님은 패천경의 소문이 난 후에도 나가신 적이 없었습니다. 그렇다면 그때 찾아온 자의 짓이라고 봐야겠지요."

"그럼 패천경은 어떻게 됐습니까?"

"호경상인이라는 정파의 고수분이 마지막 주인이었지만 그분까지 죽으면서 사라졌습니다."

'실체가 없는 전형적인 차도살인지계(借刀殺人之計)로군.'

"찾아온 자가 누구였는지는 아십니까?"

"저희가 사십 년 동안 찾은 것이 그자입니다. 그동안 여러 가지 단서를 찾기는 했지만 정체는 아직 밝히지 못했습니다."

"이미 시간이 너무 오래 지났는데 찾을 수 있겠습니까?"

"시간은 상관없습니다. 사부님과 사문의 원한은 죽을 때까지 갚아야 합니다."

"하지만 그때 찾아왔다는 자도 이미 죽었을지도 모르지 않겠습니까?"

"저희 사형제들 중 여섯 명이나 그들을 쫓다가 죽었습니다. 하지만 그냥 죽지만은 않았습니다. 저희에게 단서를 남겨 주었으니까요. 그는 개인이 아니라 거대한 세력의 일원이었습니다."

"거대한 세력이라면 특정이 가능하지 않겠습니까?"

"그래서 주군께 도움을 바란다고 한 것입니다. 저의 무공으로는 다가갈 수 없지만 주군이라면 가능할 것이라는 생각이 들었습니다. 물론 그것을 조건으로 주군께 충성을 맹세한 것은 절대 아닙니다."

"압니다. 그런데 장노의 사형제 분들은 어떻게 다 무사

하실 수 있었던 것입니까?"

"사부님께서는 적들이 벽력문을 쳐들어올 것을 이미 알고 계셨던 것 같습니다. 당시 저희에게 벽력문의 비급을 나눠 주시며 각자 임무를 주어 하산을 시키셨습니다."

"장노의 사부님께서는 알면서도 당하셨다는 것이네요?"

"거기까지는 저도 확실하게 모르겠습니다."

진무성은 눈을 가늘게 뜨며 앞에 놓인 술잔을 입으로 가져갔다.

'아주 흥미로운 사건이군. 누군데 이런 엄청난 음모를 꾸민거지?'

마노야의 뇌가 빠르게 돌고 있었다.

술잔을 내려놓던 진무성의 손이 멈칫했다. 잔 밑에 작은 쪽지가 있었기 때문이었다.

쪽지를 펼친 진무성의 입가에 미소가 나타났다.

드디어 설화영이 자신에게 만나자고 연락을 한 것이었다.

* * *

주릉현에서 가장 큰 주루.

홀로 주루에 도착한 진무성은 두 명의 기녀에게 팔을

잡힌 채 방으로 안내되었다.

 방 안에는 정갈한 음식이 준비되어 있었다.

 문 옆에 공손히 서서 허리를 굽히고 있던 설화영은 문이 닫히자 기다렸다는 듯이 그의 품에 안겼다.

 "상공 정말 뵙고 싶었습니다."

 진무성도 그녀를 꼭 껴안으며 말했다.

 "나도 영 매가 너무 보고 싶었소. 그런데…… 그동안 더 아름다워진 것 같소."

 "호호~ 상공께서 그런 말씀도 하실 줄 아시네요?"

 "그런 말이 무슨 의미인지 모르겠소. 난 솔직하게 말한 것뿐이오."

 "제가 더 예뻐졌다니 정말 기뻐요. 자, 우선 앉으세요."

 설화영은 그의 손을 꼭 잡고는 자리로 안내했다.

 진무성이 자리에 앉자 그 옆에 바짝 붙은 설화영은 고기 한 점을 짚어 그의 입에 갖다 댔다.

 "내가 먹어도 돼."

 "상공을 만나기 위해 제가 직접 요리한 것이랍니다. 제가 직접 드리고 싶어요."

 "허허~ 난 이런 것이 좀 간지러운데, 읍~"

 말하던 진무성은 고기가 입으로 들어오자 고개를 살래살래 저으며 받아먹었다.

 설화영 역시 이런 행동은 절대 못하는 성격이었다. 그

러나 신기하게 진무성에게만은 조금도 부끄럽지 않았다. 그에게만은 모든 것을 해 주고 싶은 마음이 더 크기 때문이었다.

"나랑 만나면 안 된다고 하더니 지금은 괜찮소?"

"긴 시간은 어려워요. 다행히 오늘은 보름이라 천기가 가장 흐릿한 날입니다."

"영 매를 이렇게 두렵게 하는 자가 누군지 말해 주겠소?"

"아직은 안 되십니다."

"왜 안 된다는 것이오?"

"때가 안 됐습니다."

지금 그자를 만난다면 진무성이 죽을 것이라는 것이 그녀의 예측이었다.

"알았소. 영 매의 말을 따르리다."

"이제 무엇을 하실 계획이십니까?"

"내가 무엇을 할지 다 알던 영 매가 물으니 이상하구료?"

"저도 그게 참 아쉽습니다. 그래도 상공께서 어느 정도 마음을 추스른 것 같아서 다행입니다."

"영 매, 사실 내 분노는 아직도 가시지 않고 있소. 소추를 죽인 놈들을 이대로 놔둘 생각이 난 없소."

"복수를 끝내신 것 아니신가요?"

"살형방과 광혈문을 내가 단지 소추 때문에 다 죽인 것 같소? 그놈들을 조사하다 보니 소추만이 아니라 정말 많은 여자들을 인신매매한 정황을 발견했소. 소추의 억울한 죽음을 복수하기 위해서라도 난 그놈들을 모조리 정리할 생각이오."

"상공, 인신매매하는 놈들은 그 뿌리가 진짜 깊고도 넓습니다. 그들을 모두 제거하는 것은 불가능합니다."

"그럼 어떻게 했으면 좋겠소?"

"자잘한 잔챙이들까지 죽이는 것은 지양하셨으면 합니다."

"……잔챙이라고 생각하는 놈들 중에 더 악질도 많다는 것은 알고 있소."

"징치는 하세요. 무조건 다 죽이는 것은 상공께 마음의 부담이 되실 것 같아서 드리는 말씀입니다."

"알겠소."

"그런데 개파를 하시려고 하세요?"

"복수를 하려고 보니 그 줄기가 어디까지 갈지 보이더군. 내게도 사람이 있어야 한다는 생각이 들었소."

"아주 잘 생각하셨어요. 전 상공의 계획을 지지합니다. 저도 도울 일이 있으면 도울게요."

"고맙소."

"쉿! 저희 사이에 그런 말은 하지 않기로 하셨잖아요."

진무성은 그녀의 손가락이 자신의 입에 닿자. 살짝 당황했다. 그의 몸이 또 반응을 했기 때문이었다.

"영 매, 길게 있지 못한다고 했는데 괜찮겠소?"

"길게 있지 못한다고 벌써 가시려고요?"

"아, 아니오. 내가 영 매를 얼마나 많이 보고싶었는데 벌써 가고 싶겠소. 그냥 단지 오래 있기 힘들다고 해서……."

"며칠씩 같이 있기는 힘들지만 오늘밤은 같이 있을 수 있습니다."

순간 진무성의 얼굴이 환하게 밝아졌다.

* * *

"제갈 군사."

"예, 맹주님."

"호남 자웅산에 참마도가 나타났다는 소문이 있다고?"

"예! 제갈세가에서 급보로 연락이 왔습니다."

"그런데 의심쩍은 점이 있다고 하던데?"

"예, 참마도의 실체는 안 보이고 너무 많은 무림인들이 몰려들었다고 합니다. 이대로 가다간 큰 싸움이 날 것 같다고 합니다."

"그렇단 말이지……."

무림맹 맹주 하후광적은 심각한 표정으로 다른 간부들

을 보았다. 의견이 있으면 제시하라는 무언의 종용이었다.

그리고 화답하듯 소림의 천애대사가 입을 열었다.

"아미타불! 제갈군사 좀 이상하다는 생각이 안 드십니까?"

"무엇이 이상하신지 말씀해 주십시오."

"삼십여 년 전 하남에서 천년성형하수오가 나타났다는 소문이 나면서 개방과 본 사의 제자들과 천년성형하수오를 노리는 자들 사이에 싸움이 나서 꽤 많은 사상자가 났던 사건 기억하십니까?"

"당연히 기억하고 있습니다."

"그때도 지금처럼 실체는 없고 이상할 정도로 빠르게 소문이 돌면서 수많은 낭인들과 무림인들이 모여들었습니다. 빈승은 그때와 너무 똑같은 상황처럼 보이는데 노파심일까요?"

"……사실은 오래 전부터 그 사건에 대해 조사하고 있었습니다. 그리고 비슷한 사건이 여러 차례 있었다는 것을 찾아냈습니다. 그중 하나가 사십여 년 전 있었건 패천경 사건입니다. 당시 강소성에서 패천경이 나타났고 그 바람에 벽력문이 멸문한 적이 있었습니다. 이후 강소성은 마도와 사파의 각축장이 되어 버렸었지요."

"그러고 보니 그런 사건이 꽤 있었던 것 같은데 안 그렇습니까?"

화산의 진현자도 생각이 난 것이 있는 듯 부언했다.

"맞습니다. 전임 군사님께서 은퇴하실 때, 제게 그 문제에 대해 말씀해 주셨습니다. 증거는 없지만 아주 수상한 사건 중 하나라고요. 저는 수상한 사건이 아니라 매우 중대한 사건이라고 보고 있습니다."

"음모가 있다고 보는 거요?"

"지금 확정적으로 말씀드릴 것이 전혀 없습니다. 하지만 의심해 볼 필요가 있다고 봅니다."

"수십 년에 걸쳐 일어난 일들이 어떤 동일성을 띠고 있다면 한 사람의 짓이라기보다는 큰 세력이 뒤에 있을 것 같은데요?"

아미의 수하사태 역시 심각한 사안이라고 생각한 듯 말을 받았다.

"저도 상당히 큰 조직의 힘이 없이는 불가능하다는 생각하에 조사했지만 특정할 수가 없었습니다. 굳이 추측을 한다면 천년마교가 가장 심증이 가는 세력입니다. 만약 그들이 아니라면 저희가 아직 모르는 세력이 암중에서 움직이고 있다고 봐야겠지요."

"고윤이 사라지면서 지금 황도도 권력 다툼으로 매우 어지럽다고 하던데 마교의 재출현 소문에 제황병, 거기에 광혈문 멸문과 지금의 참마도까지 너무 사건이 연이어 터지고 있는 것이 이 모든 일을 획책(劃策)한 배후가 있다는 생각이 듭니다."

남궁지웅의 말에 모두는 심각한 표정으로 잠시 침묵에 빠졌다.

일갑자 가까운 평화 속에 안주하던 그들이기에 갑자기 벌어지는 위기 상황에 어떻게 대처를 해야 할지 당황하고 있는 것이 뻔히 보였다.

"제갈 군사, 이십년 전에도 제황병이 나타나면서 대원대협이 돌아가셨지 않습니까? 그것도 연관이 있을까요?"

대원대협과 친했던 개방의 구지신개가 물었다.

"그것은 지금 사건과는 좀 다릅니다. 당시 제황병은 실체가 있었고 소문도 은밀하게 퍼지면서 거대 문파와 초절정 고수들만이 끼어들었으니까요. 이번에도 소문이 확 퍼진 것이 아니라 아주 은밀하게 황도로 옮겨지고 그것을 노리는 자들이 황도에 침입하는 중에 퍼진 정보니까요."

계속 경청만 하고 있던 하후광적이 드디어 입을 열었다.

"군사, 무호단의 이개 무호대를 자웅산으로 보내라. 참마도를 가지고 싸움이 벌어지지 않도록 무림맹의 이름으로 막으라하고 소문이 퍼진 경위부터 참마도를 보았다는 사람까지 샅샅이 조사를 하도록 해라."

그는 더 이상 관망만 하는 것은 실기(失期)할 수 있다는 판단 때문이었다.

* * *

아침에 눈을 뜬 진무성은 자신의 품에 안겨 자고 있는 설화영의 볼에 살짝 입을 맞췄다.

"벌써 일어나셨어요?"

"나 때문에 깬 거야? 좀 더 자게 했어야 했는데, 미안."

진무성의 말투가 완전히 반말로 변하자 설화영은 그가 이제 자신에게 진짜 편해졌다는 것을 느꼈다.

"아니예요. 평상시라면 벌써 깼을 텐데 오늘은 좀 늦었어요. 어차피 일어날 시간이었답니다."

"잠을 자지 못한 것이 꽤 됐는데 영 매랑 같이 자니까 잠이 드네."

진무성은 잠을 자기 위해 누우면 곧장 암흑의 공간으로 빠져들었다. 그러다보니 잠자는 시간에도 암흑의 공간에서 무공 수련을 하다 깨기 일수였다.

그런데 설화영과 함께 잠들자, 신기하게 암흑의 공간으로 들어가지 않고 아주 편안한 잠을 잔 것이었다.

"저도 정말 편하게 잤습니다."

설화영은 행복한 표정으로 진무성의 품으로 더 파고들

었다.

 꿈속에서 자신을 구해 주는 수호신 같은 사람으로 어쩌면 자신을 위해 그를 찾은 것이었지만 어느덧 진심으로 진무성을 사랑하게 된 그녀는 지금 이순간이 정말 행복했다.

 "영 매를 괴롭히는 그자를 빨리 처치하고 편하게 둘이 살았으면 좋겠다."

 "그럴 날이 곧 올 겁니다. 아직 때가 오지 않은 것 뿐이니 조금만 참으세요."

 그녀도 진무성이 예전과 비교할 수 없을 만큼 강해졌다는 것을 느끼고 있었다. 그럼에도 지금 진무성이 그자를 만난다면 죽을 것이라는 느낌이 강하게 들었다.

 진무성의 미래는 보이지 않았지만 그녀를 노리는 자는 여전히 하늘의 모든 별을 압도하고 있었다.

 '도대체 그자는 누굴까?'

 설화영은 갑자기 지금까지 하지 못했던 생각이 언뜻 들었다. 도대체 어떤 인간이기에 그렇게 강할까?

 진짜 인간이기는 할까? 하는 생각이었다.

 진무성은 품으로 파고든 그녀가 가만히 있자 그녀의 머리를 손으로 쓰다듬으며 물었다.

 "무슨 생각을 해?"

 "상공의 품에서 이렇게 영원히 있었으면 좋겠다는 생

각을 했어요."

그때, 밖에서 누군가의 목소리가 들렸다.

"가실 시간이 되었습니다."

목소리를 들은 진무성은 몹시 아쉬운 표정으로 말했다.

"언제 또 볼 수 있겠어?"

"지금은 저도 모르겠어요. 하지만 조금이라도 기회가 닿는 대로 연락을 할게요."

설화영도 풀이 죽은 듯 처연한 목소리로 답했다.

그리고 그녀는 진무성의 얼굴을 두 손으로 잡더니 자신의 입술을 진무성의 입술로 가져갔다.

짧지만 열정적인 입맞춤이 끝나자 설화영은 절절한 마음으로 당부하듯이 말했다.

"절대 위험한 행동은 하지 말아 주세요. 그리고 다치지 마시고요."

"영 매야 말로 조심해."

둘은 헤어지는 것이 아쉬운지 다시 서로를 꼬옥 안았다.

* * *

자웅산에 모인 무림인들은 사방을 뒤지기 시작했다. 하

지만 참마도를 찾은 자들은 아직 없었다.

"참마도가 있긴 있는건가?"

기홍삼우의 대형인 주성택은 이상하다는 듯 중얼거렸다.

"대형, 우리가 감당하기 어려운 자들이 너무 많습니다. 포기하고 돌아가는 것이 어떨까요?"

주성택의 주무기는 도였다. 그는 참마도가 정말 갖고 싶었다. 참마도가 대단한 무공이기는 하지만 그렇다고 천하를 위진시킬 정도는 아니었기에 초일류급의 무공을 지닌 그들의 무공이면 참마도를 차지할 수도 있다는 희망을 가지고 왔었다.

그런데 그들의 예상과는 달리 그를 뛰어넘는 고수들이 너무 많이 보였다.

"그런데 아우들 보기에 좀 이상하지 않느냐? 고작 참마도 정도에 왜 이렇게 많은 고수들이 온 걸까?"

"그것보다 소문이 왜 이렇게 빨리 퍼졌는지도 이상하지 않습니까?"

"그래, 둘째 말이 맞는 것 같다. 우린 빠지자."

둘째인 기명철의 말에 주성택도 위험을 느꼈는지 맞다는 듯 고개를 끄덕였다.

"빠지긴 뭘 빠져?"

갑자기 귀를 울리는 소리에 기홍삼우는 깜짝 놀라 몸을

돌렸다.

"누구…… 요?"

누구냐! 라며 소리칠 생각이었지만 나타난 자를 본 주성택은 그대로 쫄았는지 존댓말로 바꿨다.

나타난 자는 온몸을 흑의로 입고 복면까지 하고 있어 정체는 알 수 없었다. 하지만 기흥삼우는 그를 당할 수 없다는 것을 직감적으로 느낄 수 있었다.

그는 차가운 소리로 말했다.

"참마도를 노리고 올라왔으면 끝까지 찾아야지 그냥 포기하는 것은 안 되지."

"우리가 포기하건 말건 당신이 상관할 일이 아니지 않소?"

"여기 올라온 것은 너희들 마음대로였지만 내려가는 것은 마음대로 안 된다."

기흥삼우는 그의 말이 의미하는 바를 느낀 듯 무기를 뽑아들었다.

챙! 챙! 챙!

"웬놈인지는 모르지만 우리가 기흥삼우다! 우리가 우습게 보인 모양인데 너 한 명이 우리를 당할 수 있다고 생각하느냐?"

주성택은 혼자는 어려워도 셋이라면 해볼 만하다는 생각을 했다.

하지만 그것은 오판이었다.

복면인의 옆으로 똑같은 복장의 흑의인들 다섯 명이 모습을 드러냈기 때문이었다.

기흥삼우의 표정이 일그러졌다. 한 명 한 명이 모두 그들보다 강해 보였다. 그런데 수까지 세 명이나 부족했다.

[내가 막을 테니 아우들은 도망쳐라.]

[우리 기흥삼우는 한날 한시에 죽기로 한 형제입니다. 대형을 두고 저희만 도망을 칠 수는 없습니다!]

[내 말 들어라. 이대로 싸운다면 개죽음을 당할 뿐이다.]

"아무리 상의해도 너희는 오늘 다 죽는다."

복면인은 기흥삼우가 전음을 하고 있다는 것을 눈치챈 듯 비웃듯 말하고는 손짓을 했다.

챙! 챙! 채채챙!

"으윽!"

기흥삼우는 이런 식의 집단전에 경험이 많은 듯 즉시 서로의 등을 대고는 방어진을 펼쳤다.

하지만 그들은 십 초를 버티지를 못했다.

기명철과 막내인 오병수가 어깨와 팔에 상처를 입었는지 순식간에 팔에 피가 범벅이 되어 버렸다.

"아우들, 오늘이 우리가 죽는 날인가 보다. 너희들을 만나서 정말 좋았다!"

"저희도 대형을 만나 정말 즐거웠습니다!"

셋은 이미 죽음을 기정사실로 받아들인 것 같았다.

"공자님, 저놈들인 것 같습니다."

그때 누군가의 목소리가 그들의 귀에 꽂혔다.

복면인들은 공격을 멈추고 후다닥 물러서더니 공격진을 펼쳤다.

"웬놈이냐!"

"네놈들이 참마도가 나타났다는 헛소문을 뿌리는 놈들 맞지?"

앞으로. 나선 노인의 얼굴이 달빛에 드러나자 복면인은 살짝 당황한 듯 소리쳤다.

"우린 참마도를 찾으러 왔을 뿐이다."

"그럼 참마도나 찾으면 될 것을 왜 아무 죄도 없는 아이들을 죽이려 하는거냐?"

"벽력신권, 우리의 행사를 방해하면 죽는다. 지금이라도 돌아가면 더 이상 문제 삼지 않으마!"

"그럼 너희들 어떤 파에서 나왔는지 말해 봐라. 그럼 나도 손을 떼겠다."

"벽력신권, 네가 대단한 사람이라도 된다고 생각하는 모양인데 우리의 일을 방해하면 쥐도 새도 모르게 죽을 수도 있음을 명심해라."

"노부가 누구인지 알면서도 이렇게 행동한다 말이지?"

벽력신권의 주먹이 부풀어 오르기 시작했다.

상급자로 보이는 복면인의 표정이 굳어지기 시작했다. 그들의 무공으로 벽력신권을 상대하는 것은 상당히 부담이 가는 일이었기 때문이었다.

그러나 물러설 수는 없었다. 그들이 책임진 지역을 벗어난다면 그 자체로도 죽을 수 있는 큰 책임이 따르기 때문이었다.

우르르릉!

쾅!

벽력신권의 일장이 떨어졌다.

너무 강력한 위력에 사방으로 빠르게 피한 적들은 금방 정리를 하고는 반격을 가하기 시작했다. 상당한 수련이 뒷받침이 되지 않았다면 보일 수 없는 움직임이었다.

하지만 공격자들을 향해 다시 두 번째 장이 이어졌다.

우르르르르릉!

"크으윽!"

반격에 나섰던 세 명의 흑의인이 가슴에 강한 충격을 받으며 날아갔다. 가슴이 완전히 부서진 그들은 즉사를 한 듯 몸의 움직임은 없었다.

[우선 피한다!]

복면인은 벽력신권의 무공이 자신의 예상보다 더 강하자 우선 피하기로 결정했다.

그리고 모두가 사방으로 퍼져 몸을 날리기 시작했다. 아니 날리려고 했다.

하지만 그것도 잠시.

그들은 아무도 예상치 못하게 그대로 앞으로 고꾸라졌다.

4장

 기흥삼우의 얼굴에 경악의 표정이 나타났다.
 그들은 모두가 쓰러진 것이 벽력신마의 짓이라고 생각한 것이다.
 그들은 후다닥 벽력신마의 앞에 넙숙 업드렸다.
 "기흥삼우! 노선배님께 구명의 은혜를 받았습니다. 감사합니다."
 "상당히 센 놈들인데 버틴 것을 보니 제법이구나. 빨리 상처나 치료해라."
 "저희 기흥삼우, 비록 말학후배지만 무림인으로서 은원만은 확실하게 지킵니다. 노선배님께 은혜를 갚을 기회를 주십시오."
 "노부가 너희를 구하려고 한 것이 아니라 저놈들을 잡

으려고 온 것이다. 그러니 구명의 은인이니 그런 말할 필요없다."

"어떤 이유건 저희가 노선배님께 구함을 받은 것이 사라지지는 않습니다. 뭐든 시켜 주시면 목숨을 바쳐 보은하겠습니다."

"필요없다고 했다. 죽기 싫으면 빨리 여기를 떠나라."

[장노.]

[예, 공자님.]

[좋은 친구들은 아니지만 그래도 의리는 있는 것 같은데 본 방의 제자로 들이면 어떻겠습니까?]

[하긴 심부름을 시킬 수하도 필요하긴 합니다.]

[한 번 권해 보십시오. 싫다면 어쩔 수 없구요.]

"너희들 정말 은혜를 갚고 싶으냐?"

"예! 갚고 싶습니다."

"그럼 노부가 속한 방의 방도로 들어오겠느냐?"

"예?"

기흥삼우는 어리둥절한 표정으로 반문했다.

"노부는 두 번 말하기 싫어하는 성격이다. 들어오고 싶으면 충성을 맹세하고 싫으면 그냥 내려가거라. 지금 우리 바쁘다."

[너희들 생각은 어떠냐?]

기흥삼우는 특별한 사문 없이 기인들을 만나 무공을 배

웠다. 사실 낭인들 중에는 우연하게 무림 고수를 만나 기명제자식으로 동냥 받듯이 무공을 배운 자들이 상당히 많았다.

기흥삼우처럼 제법 절기라 불리는 무공을 사사받아 명호까지 얻게되는 경우는 매우 행운이라고 할 수 있었다. 물론 그들이 열심히 수련했기에 가능한 일이었다.

[저희는 대형께서 결정하신 대로 따르겠습니다.]

세력에 동참하면 지금처럼 다닐 때보다 안전해지고 먹고 사는 문제도 해결이 된다. 하지만 가장 큰 단점이 자유에 제약을 받고 남의 명령을 받아야 한다는 것이었다.

낭인들이 힘든 생활을 하면서도 방에 소속되는 것을 꺼리는 이유였다.

주성태는 잠시 머뭇거리더니 조심스럽게 물었다.

"노선배님, 외람되지만 무슨 방인지 알 수 있겠습니까?"

"……그게 아직 방의 이름은 없다."

기흥삼우의 얼굴이 어리둥절하게 변했다.

방의 이름이 없다는 것은 방이 없다는 의미랑 같았기 때문이다.

"그럼…… 어떻게 방에 가입합니까?"

"충성을 맹세하면 본 방의 두 번째 가입 방도가 된다. 창방 공신이 되는거다."

"그럼 노선배님께서 방주님이십니까?"

"방주님은 나와는 비교도 할 수 없는 분이시다."

기흥삼우의 눈이 커졌다.

그들 역시 벽력신권의 위명은 이미 들어 알고 있었다. 그런 그가 비교도 할 수 없는 분이라면 도대체 누구란 말인가……

[아우들 가입하자.]

주성태의 결정에 모두는 머리를 땅에 대며 소리쳤다.

"충성을 맹세하겠습니다!"

"충성을 맹세한 이상 배신은 용납하지 않습니다."

새로운 목소리에 고개를 든 기흥삼우는 온몸이 찌릿하며 마비되는 느낌을 받았다.

절대자의 기도가 무엇인지 그들은 처음 알았다.

"기흥삼우, 배신은 절대 하지 않을 것입니다!"

그들은 자신들도 모르게 커다랗게 소리치며 다시 머리를 땅에 댔다.

진무성의 입가에 미소가 나타났다.

방도가 느는 것에 대해 은근히 성취감이 느껴졌기 때문이었다.

* * *

진무성이 새로운 방도를 맞이하던 그 시각.

자웅산은 혼란의 상황에 빠져있었다.

언제, 누구부터 시작되었는지 아무도 몰랐다. 갑자기 시작된 싸움은 적아(敵我)를 가리지 않고 혈풍으로 변해 버렸다.

"추명개 대협, 이게 어떻게 된 겁니까?"

계속적으로 들어오는 보고에 제갈장문은 개방의 호남중부분타주 추명개를 보며 물었다. 여간해서 흔들리지 않는 그의 얼굴에 당혹함이 나타나고 있었다.

추명개 역시 표정이 굳어있었다.

참마도 소문이 난 후, 제갈세가와 개방이 맡은 임무는 참마도 쟁탈전이 벌어지며 일어날 혈겁을 막기 위해 무림맹에서 무력단이 올 때까지 자웅산을 감시하고 싸움이 날 것 같으면 막는 것이었다.

그런데 어찌할 새도 없이 사방에서 싸움이 벌어진 것이다.

"아무래도 우리가 예상 못한 세력이 싸움을 부추긴 것 같습니다. 참마도를 발견했다는 소리도 없었는데 싸움이 사방에서 일어나는 것은 이상하지 않습니까?"

"지금 우리의 인원으로 막는 것은 무리입니다. 잘못하면 큰 피해를 입을 수도 있습니다."

"그럼 모두 후퇴하게 할까요?"

추명개의 말에 제갈장문의 얼굴에 곤혹스러움이 나타

났다. 지금 같은 상황에서 피해를 줄이려면 그의 말대로 제자들에게 후퇴하라고 하는 것이 맞았다.

하지만 자웅산은 제갈세가의 세력이었다.

자신의 세력권에서 혈겁이 벌어졌는데 제어를 못하고 물러선다면 체면이 크게 손상될 것이 분명했다.

그때, 제갈우식이 급히 달려왔다.

"숙부님, 싸움이 멈췄습니다."

"싸움이 멈춰?"

"예, 싸움을 부추기는 자들이 있었습니다. 복면을 쓰고 있었는데 무림에 알려진 자들은 아니었습니다. 그들이 모두 죽었습니다."

"그것은 어떻게 알았느냐?"

"그들과 싸우던 본 가의 제자들 말에 의하면 정체를 알 수 없는 자가 나타나 순식간에 복면인들을 모조리 죽였다고 합니다."

"정체를 알 수 없는자?"

"분타주님!"

그때 개방의 고수개가 달려오며 소리쳤다.

"뭐냐?"

"자웅산에 모인 무림인들을 무차별적으로 살해하던 복면인들을 한 고수가 나타나 모조리 주살했다고 합니다."

제갈장문과 추명개는 서로를 쳐다보았다.

자웅산은 작은 산이 아니었다. 그래서 개방과 제갈세가는 구역을 나누어서 감시를 하고 있었다. 그런데 거의 동시에 고수가 나타나 음모를 꾸민 흉수들을 제거했다는 말이 아닌가……

"당장 복면인들의 시신을 확보해라. 그들의 정체가 무엇인지부터 알아내야 한다."

"그렇지 않아도 지금 복면인들의 시신을 수거하는 대로 이곳으로 옮기도록 했습니다."

"복면인을 죽인 고수가 누구인지는 전혀 모르느냐?"

"복면인을 죽이는 것을 직접 본 제자들도 얼굴은 보지 못했다고 합니다. 다만 창을 사용하는 것 같았다고 합니다."

"창? 방금 창이라고 했느냐?"

제갈장문과 추명개는 동시에 소리쳤다. 광혈문과 살형방을 멸문시킨 자가 사용한 무기가 창이라는 것이 떠올랐기 때문이었다.

* * *

자웅산에서 그가 벌인 일이 무림에 얼마나 큰 반향(反響)을 일으켰는지도 모른 채 진무성은 장사쪽으로 천천히 이동하고 있었다.

그가 천천히 이동하는 이유는 설화영을 돕고 그에게 연락을 취하는 사람들이 대부분 무공을 모르는 사람들이었기에 그를 따라다니기 쉽게 하기 위해서였다.

장사에서 이 마장 정도 떨어진 교촌현에 도착한 진무성은 우선 주루에 들렀다.

"주문하시겠습니까?"

점소이가 다가오자 진무성은 동전 한 닢을 그의 손에 들려 주며 물었다.

"이곳에 잔혹방이라고 불리는 자들이 있다고 하던데 혹시 아십니까?"

"잔혹방이오? 당연히 알지요. 이 근동에서 잔혹방을 모르면 외지인이라고 할 수 있습니다요."

"잔혹방은 어디로 가면 볼 수 있습니까?"

"저기 기루들 보이시지요?"

점소이는 창밖을 보면 손가락으로 한 전각을 가리켰다.

"보입니다."

"저 기루들이 전부 잔혹방의 보호를 받는 곳입지요. 그리고 기루거리 끝에 도박장이 있는데 그것도 잔혹방에서 하는 것입니다."

"고맙습니다. 소면이나 가져다 주십시오."

동전 한 닢에 불과했지만 효과는 상당히 컸다.

"예!"

점소이는 최대한 친절하게 답을 하고는 아래로 내려갔다.

[얘기는 다 들었지?]

구석에 앉아 음식을 먹던 기홍삼우는 진무성의 전음을 받자 급히 답했다.

[예! 들었습니다.]

[그럼 나가서 잔혹방에 대해 자세히 알아와라.]

[예!]

기홍삼우가 일어서자 진무성의 전음이 다시 들렸다.

[먹을 것을 먹고 시작해라.]

[예!]

그들은 다시 앉아 급히 음식을 먹기 시작했다. 어느새 몸과 정신 모두를 감복낭한 그늘에게 진무성의 한 마디는 지상 명령이나 마찬가지였다.

* * *

"참마도는 나타나지 않은 것이 분명합니까?"

무뢰단 단주 당영의 말에 제갈장문은 고개를 끄덕이며 말했다.

"참마도를 본 사람조차 없었습니다."

"몇 명이나 죽었습니까?"

"현재 수거한 시체만 백육십여 구입니다. 그중 수상한 복면인이 오십여 구에 달합니다."

"피해가 많군요."

"죄송합니다. 저희가 좀 더 세심하게 살폈어야 했는데……."

"두 분 잘못이 아닙니다. 복면인들과 싸웠던 분들의 말씀에 의하면 한 명, 한 명이 모두 대단한 고수였다고 하더군요. 낭인들로서는 막을 길이 없었을 것입니다."

"그런 대단한 고수인 복면인들을 그렇게 간단하게 제거한 자는 누구일까요?"

추명개의 말에 당영은 심각한 표정으로 말했다.

"그들의 시신을 조사한 의원들 말에 의하면 상당히 특이한 형태의 창에 죽은 것으로 추측이 된다고 하더군요. 창의 고수는 많지 않지요. 제가 알기로 살형방과 광혈문에서 죽은 자들 시신을 부검한 개방 제자가 있다고 들었습니다. 그들에게 이번 시신과 그때 본 창상과 비교를 부탁하고 싶은데 되겠습니까?"

"당연히 됩니다. 제가 곧장 협조 요청을 하겠습니다."

추명개가 흔쾌히 답하자 당영은 부단주를 보며 말했다.

"부단주, 그자가 자웅산을 떠난 것이 이제 겨우 이틀입니다. 이곳에서 반경 오백 리 안에 있을 겁니다. 무림맹의 모든 정보망을 동원해 창을 들고 다니는 자를 찾아달라고 하십시오."

"당장 연락하겠습니다."

진무성을 찾는 자들이 점점 많아지고 있었다.

* * *

"잔혹방 놈들 정말 보기 드물게 악질들이었습니다. 온갖 나쁜 짓은 다하고 있었습니다."

기흥삼우의 보고에 진무성의 눈에 살기가 떠올랐다.

진무성의 살기에 기흥삼우는 온몸이 저미는 느낌에 몸을 부르르 떨었다.

"주, 주군……."

주성댁이 급히 부르자 그들이 힘들어 함을 깨달은 진무성은 살기를 조절했다.

"내가 실수를 했군. 계속 보고해 봐라."

"이상한 것은 그럼에도 제갈세가에서 그들을 징치하지 않는 것입니다."

"무림 세력은 흑도들을 건드리지 않는다고 들었는데?"

"보통은 그렇습니다. 하지만 너무 패악질을 부리면 징치하는 경우도 꽤 있습니다."

"그럼 제갈세가에서 그냥 두는 이유가 뭐라고 생각

하나?"

"아무래도 거액을 상납해서가 아닐까요?"

"제갈세가는 이름 난 무림 오대세가 중 하나인데 상납금을 받는다고 못된 놈들을 그냥 두겠느냐?"

"짐작일 뿐입니다. 하지만 모든 정파에서 흑도들에게 상납을 받는다는 것은 공공연한 비밀입니다. 어차피 없애지 못하는 거 상납금이라도 많이 내는 자들을 두는 것이지요."

"그래도 사파와는 다른 것이 있습니다."

셋째인 오병수가 슬쩍 끼어들었다.

"뭐가 다른가?"

"사파는 그놈들을 보호해 주지만 정파는 보호까지는 안 해 준다고 알고 있습니다."

"그럼 그놈들을 없앤다 해도 제갈세가와 척을 지지는 않는다는 말이겠군?"

"그렇습니다."

잠시 생각하던 진무성은 결정한 듯 말했다.

"그럼 시작해야겠군."

광혈문에서 찾아낸 문서에 따르면 잔혹방은 인신매매 조직의 중간 기착지였다.

본격적인 복수가 시작되고 있었다.

* * *

 대무신가 호남지가의 가주인 정필용은 자웅산의 보고를 듣자 화가 머리 끝까지 났다.

 "십 년을 준비한 계획이었다. 최소한 거기에 모인 개방과 제갈세가 놈들까지 다 죽이는 것이 목표였거늘 겨우 낭인 놈들 몇십 명 죽이고 전멸당하다니 이게 말이 되느냐! 거기다 한 놈도 도망도 못치고 모조리 죽었다니……."

 정필용은 계획의 실패도 실패지만 이 일로 사공무경의 신임을 잃는 것이 더욱 화가 났다. 어쩌면 신임을 잃는 것을 떠나 죽을 수도 있었다.

 "이번 계획에 나선 수하들을 아는 자들은 아무도 없습니다. 그저 참미도를 찾으러 온 낭인들로 생각할 수도 있습니다."

 "넌 개방이나 제갈세가가 그렇게 만만한 조직인 줄 아느냐! 거기다 무림맹의 무력단까지 도착했다고 들었다. 모두에게 잠시 몸을 숨기라 일러라."

 "알겠습니다!"

 "지가주님! 송언입니다."

 "무슨 일이냐?"

 "자웅산에서 죽은 본가의 제자들의 몸에 창상이 나 있

었다고 합니다."

"창? 창을 쓰는 놈에게 당했다는 것이냐?"

"예, 거의 대부분이 창에 당했다고 합니다."

"창…… 이라면…… 혹시 광혈문?"

"무림맹에서도 창을 든 자를 찾으라는 명을 내렸다고 합니다."

정필용은 잠시 생각하더니 고개를 갸웃했다.

'그러고 보니 가주님께서 정해 주신 날에 맞춰 개시한 계획인데 실패하는 것이 가능한가?'

계획은 실패했고 창을 든 자의 등장은 전혀 언급이 없었다.

그가 아는 사공무경은 전지전능한 신과 같은 존재였다. 거기다 천하에 모르는 것이 없고 그의 예측을 벗어나는 일은 있을 수 없었다.

정필용은 자신이 직접 보고를 해야겠다고 판단하고는 붓을 들었다.

* * *

잔혹방이 운영하는 도박장은 상당히 컸다. 주릉현보다는 작아도 교촌현 역시 장사로 가는 길목에 있기에 통행인들이 상당히 많았기 때문이었다.

진무성이 안에 들어서자 험악하게 생긴 장정 둘이 그의 앞을 막았다.

"어디서 오셨소?"

"하북에서 왔습니다."

"여긴 왜 오신거요?"

"도박장에 도박을 하러 왔지 뭐 때문에 왔겠소?"

"얼마나 바꾸시겠소?"

진무성은 품에서 금자 한 냥을 꺼냈다.

장정은 금자를 보자 급히 태세를 전환했다. 금자 한 냥이면 도박장 열흘치 이익보다 컸기 때문이었다.

"어서 오십시오. 들어가시면 됩니다."

태연하게 안으로 들어간 진무성의 검미가 살짝 좁아졌다.

'도내체 도박상에는 사람이 왜 이렇게 많은 거야?'

도박장에 들어간 것은 이번이 두 번째였다. 그런데 두 번 다 이렇게 사람이 많다는 것은 도박하는 사람이 매우 많다는 방증이었다.

주위를 둘러보던 진무성은 한 곳에 자리를 잡았다.

패를 돌리는 사람에게 패를 받아 패를 돌린 사람의 패와 자신의 패의 높고 낮음을 맞추는 사람이 이기는 도박이었다.

매우 쉽지만 패를 돌리는 사람에게 매우 유리하게 짜여

진 패가망신(敗家亡身)하기 딱 좋은 도박이었다.

 진무성이 앉자 이미 도박을 하고 있던 사람들이 눈인사를 했다.

 "얼마 바꿀까요?"

 "바꿀 필요 없습니다."

 진무성은 금자 한 냥을 그대로 올려놓았다.

 "금자 한 냥을 전부 건다는 겁니까?"

 패를 나누는 자는 살짝 놀란 듯 물었다. 그뿐만이 아니라 그 판에 앉아 있는 모두가 눈이 동그래졌다.

 한 판에 금자 한 냥은 그들로서는 처음 보는 거액이었기 때문이었다.

 "안 됩니까?"

 그는 슬쩍 누군가를 보고는 허락을 받았는지 답했다.

 "마음대로 하십시오. 그럼 패를 돌리겠습니다."

 그가 한 명씩 패를 돌리기 시작했다.

 그렇게 대나무를 얇게 깎은 다섯 개의 패가 진무성의 앞에 놓였다.

 패를 돌리는 자는 패를 다 나눈 후 손을 들어 끝났다는 신호를 보내고는 말했다.

 "정하십시오."

 그러자 모두는 패를 들어 천천히 패에 그려진 점들을 보기 시작했다. 그리고 계산이 다 끝난 듯 앞에 있는 상

(上)과 하(下)라고 새겨진 판 위에 판돈을 올리기 시작했다.

진무성은 물끄러미 패를 돌리는 자의 앞에 놓인 패를 주시하더니 자신의 패는 보지도 않고 상에 금자를 놓았다.

"그럼 패를 까겠습니다."

그의 말이 끝나자 모두는 자신의 패를 앞에 놓았다. 그제야 진무성이 패를 손가락으로 하나씩 돌렸다.

순간 모두의 입에서 탄성이 터져 나왔다.

모두 점 하나. 오 점이었다.

절대 나오기 힘든 수였다.

패를 돌리는 자의 표정이 일그러졌다. 그의 패가 무엇이건 오 점보다 낮을 수는 없었다. 동점도 패배였으니 무조건 잃은 것이나.

그는 천천히 패를 펼쳤다.

칠 점이었다. 판돈을 놓은 사람들에게 다 지더라도 진무성에게만 이기면 된다는 마음으로 나름 최하의 수를 만든 것이었다.

진무성이 패에 손이라도 댔다면 속임수를 썼다고 우기기라도 하겠지만 손가락으로 패만 돌리는 것을 모두 보았으니 그것도 어려웠다.

패를 돌리는 자는 겁에 질린 표정으로 누군가를 쳐다보

았다.

"돈을 주셔야지요?"

진무성의 말에 그는 공포가 깃든 목소리로 말했다.

"그, 금자는 조금 기다리셔야······."

"도박판에서 기다리는 것이 어디 있습니까? 빨리 가져오시지요."

"가져와라."

누군가의 목소리가 들리자 한 장정이 금자 십여 냥을 들고 나타났다.

금자를 받은 진무성이 앞에 그대로 둔 채 말했다.

"패를 돌리시지요."

패를 돌리는 자는 땀이 나는지 손으로 이마를 훔치더니 벌벌 떠는 손으로 패를 나누기 시작했다.

다시 패를 받은 사람들은 열심히 패를 조이기 시작했다. 그리고 열심히 계산하더니 각자 결정한 판 위에 돈을 올리기 시작했다.

진무성은 거리낌 없이 금자 세 냥을 이번에는 하에 올려 놓았다.

"세 냥을 다 거시는 겁니까?"

패를 돌리는 자는 얼굴이 하얘졌다. 속임수를 쓰는 그였지만 방금 진무성이 나온 패를 보며 보통 사람이 아니라는 것을 직감한 터였다. 만약 이번에도 진다면 그는 죽을 수도 있었다.

"안 됩니까?"

"아, 아, 아닙니다."

그는 이마를 다시 훔치며 답했다.

그리고 다시 펼쳐지는 패.

진무성의 패를 본 모두의 입에서 함성이 터져 나왔다. 모든 패에 점이 여섯 개가 그려져 있었다. 삼십 점!

가장 높은 패로 이번에도 질 수 없는 숫자가 나온 것이었다.

"이, 이건 말도 안 된다. 속임수가 분명해!"

패를 돌리는 자는 벌떡 일어섰다. 오 점도 평생에 한 번 잡을까 말까인데 연이어 삼십 점이라니 이건 뭔가 야료가 없이는 생길 수 없는 확률이었다.

"속임수요? 이 판과 패 모두 여기서 만든 거 아닙니까? 더구나 난 패에 돌릴 때만 손가락을 사용했을 뿐 판에서 패를 뗀 적도 없는데 무슨 수로 속임수를 쓰겠습니까? 패나 열어 보시지요."

그의 말에 도박을 하던 모든 사람이 고개를 끄덕이며 한 마디씩 했다.

"언제나 우리만 잃으라는 법이 있나! 도박장도 잃으면 돈을 줘야지."

"암! 줄 건 주고 합시다!"

하지만 그들의 입은 곧 모두 닫혔다.

험상궂은 덩치들 십여 명이 손에 무지막지한 흉기들을 들고 나타났기 때문이었다.

도박하던 자들은 슬슬 자신들의 돈을 들고는 밖으로 빠져나가기 시작했다. 분위기상 그대로 있다가는 가진 돈도 챙기지 못하고 몸까지 상할지도 모른다는 판단 때문이었다.

모두가 빠져나가고 진무성만 남자 그의 앞에 중년인이 앉으며 물었다.

"무슨 수를 쓴 거냐?"

"수야 저 사람이 썼지, 난 그냥 가만히 있었을 뿐입니다."

"뭐야?"

"저 사람은 총 이십육 점을 했는데 그게 쉽게 나올 숫자는 아니지요."

"그럼 삼십 점은 쉽게 나올 숫자라는 거냐?"

"그것도 쉽게 나오는 숫자는 아니지요."

"그러니까 어떻게 오 점과 삼십 점을 만들었는지 말하라는 거다."

"그건 어떤 도박꾼도 할 수 없는 비장의 수인데 말해 줄 수는 없지요. 하지만 방주님을 만나게 해 주시면 알려 드리겠습니다."

"네가 왜 방주님을 만나려고 하는 거냐?"

"도박으로 크게 먹을 수 있는 건이 있는데 같이 의논을 좀 하고 싶어서 그럽니다."

"미친놈! 그따위 헛수작에 우리가 넘어갈 것 같으냐!"

"최소한 금자 천 냥 많으면 금자 오천 냥까지 노릴 수 있는 건인데 이렇게 나오시다니 안타깝군요."

금자 오천 냥이라는 말에 중년인은 혹했는지 그는 일어나려는 진무성을 급히 만류하며 말했다.

"……잠깐 기다려 봐라."

"그러시든가요."

"잘 감시해라."

중년인은 덩치들에게 주의를 주고는 뒷문으로 빠져나갔다.

반 시진쯤 지났을까…… 문을 열고 다시 나타난 그는 따라오라는 듯 손짓을 하며 말했다.

"방주님께서 얘기나 한 번 들어 보고 싶다고 하셨다. 따라와라."

진무성은 이미 이럴 줄 알았다는 듯 미소를 지으며 그의 뒤를 따라갔다.

* * *

누군지 알지도 못하는 유령 같은 존재를 잡기 위해 호

남 남부를 뒤지고 있던 허굉은 총가로부터의 받은 서찰을 읽더니 자리에서 벌떡 일어섰다.

'실패라니…… 이게 말이 되나?'

호남 지가주가 자웅산에 펼친 계책이 실패했고, 그 이유가 창을 쓰는 놈이라는 말에 허굉은 즉각적으로 광혈문을 멸문시켰다는 자가 머리에 떠올랐다.

'그놈이 가주님께서 찾는 놈일까? 아니야 그 정도 놈을 가주님께서 그렇게 위험시할 리가 없는데…….'

허굉은 수하에게 물었다.

"가주님께는 연락이 없느냐?"

"아직까지는 없습니다."

'총가에서 온 서찰이라면 가주님께서도 아시고 계실 것인데 왜 다른 지시가 없으신 거지? 설마 가주님께서 이놈을 못 찾으시는 것인가?'

허굉 역시 정필성과 같이 지금 상황이 이해가 안 가는지, 고개를 갸웃했다.

도대체 수하들에게 이런 믿음을 주는 사공무경은 어떤 능력을 가진 자일까?

* * *

잔혹방의 방주 흑각사는 그의 앞에 선 진무성을 보며

비소를 그리며 말했다.

"배짱이 아주 두둑하구나? 그래, 큰 건이라는 것이 무엇인지 말해 봐라."

"당신이 잔혹방의 방주입니까?"

"당신? 지금 내게 당신이라고 한 거냐?"

"금자가 수천 냥이 오가는 일인데 상대는 확실히 알아야 하지 않겠습니까?"

피식-

"아주 재미있는 놈이군. 그래 내가 잔혹방의 방주 흑각사다. 그런데 넌 지금 상황 파악이 안 되냐?"

"잔혹방 방주가 찾기가 어렵다고 하더구나. 돈을 좋아한다고 들어서 미끼를 한 번 놨더니 진짜 너무 쉽게 물어서 좀 실망스럽기는 하다."

흑각사의 표정이 일그러졌다.

"아주 웃기는 놈이군. 야!"

"예! 방주님."

"이놈 거꾸로 매달아라. 우선 등가죽부터 벗겨 놓고 다시 대화를 나누는 것이 좋겠다."

"알겠습니다."

덩치가 커다란 장정 셋이 진무성을 향해 다가왔다.

하지만 그들은 세 발자국도 걷지 못하고 목을 움켜쥐며 뒤로 자빠졌다.

흑각사는 바닥을 순식간에 흥건히 적시는 피를 보자 뭔가 잘못됐음을 느끼고는 벌떡 일어섰다.

그리고 주위를 둘러보았다.

진무성이 전혀 움직이지를 않았으니 다른 자가 있을지도 모른다고 생각한 것이었다.

"남쪽에서 여자들을 사거나 납치해서 북쪽으로 보내 판매한다고?"

"그런 말은 어디서 들었느냐?"

흑각사가 깜짝 놀라 반문하자 진무성은 손가락을 들어 안 된다는 듯, 저으며 말했다.

"더 이상의 질문은 없다. 넌 그냥 얌전히 대답만 하면 된다."

"뭐하는 거냐! 당장 이놈을 죽여라!"

흑각사는 주위에 서 있는 수하들을 보며 소리쳤다.

"가욕관에서도 느낀 건데 너희 놈들은 이상하게 아파야만 대답하는 나쁜 버릇이 있더구나."

흑각사의 얼굴에 공포가 서렸다. 수하들이 갑자기 목을 잡고 쓰러졌기 때문이었다.

"누, 누구냐?"

"누구냐?"

"누, 누, 누구십니까?"

"내가 아는 사람이 최대한 살생을 줄여달라고 부탁을

했었다. 그런데 아무래도 너희 같은 놈들은 죽는 것이 낫 겠어."

　흑각사는 사색이 되어 뒤로 주춤 물러섰다.

　그를 보는 진무성의 입가에 차가운 비소가 어렸다.

5장

"아흐흐흑!"

흑각사의 입에서 처절한 비명이 터져 나왔다. 그의 어깨에 무엇인가 들어왔다 나갔다.

뼈까지 뚫은 듯 엄청난 고통이 그의 온몸에 퍼졌다. 흑각사는 쏟아져 나오는 피를 손으로 누르며 털썩 주저앉았다.

"아프냐? 다시 물으마. 여자들이 옮겨 가는 동선을 자세히 말해라. 그럼 고통 없이 죽여 주마."

"난 모른다!"

소리 친, 흑각사는 어금니를 강하게 물었다.

자진을 하려는 것이었다. 하지만 그것을 그냥 두고 볼 진무성이 아니었다.

"크흐흑!"

흑각사의 입에서 고통스러운 신음 소리가 터져 나왔다.

어느새 그의 입에 박힌 조화신창이 그의 입이 닫히는 것을 막음과 동시에 열 개가 넘는 앞 이빨들을 모조리 부숴 버렸다.

그게 끝이 아니었다.

입에 박힌 조화신창이 살짝 진동을 하며 어금니까지 모조리 부숴 버린 것이다.

"커어억!"

진무성이 창을 빼자 처절한 신음과 함께 입 속에 있던 것들이 피와 함께 모두 튀어나왔다.

'어금니에 독을 숨겨 놓고 자진하는 방법은 마교에서 처음 시작되었는데 이젠 보편적인 방식인가 보군. 이런 흑도 놈들까지 사용하고 말이야.'

쏟아진 잔해물을 살피던 진무성은 독약이 숨겨 있던 어금니를 발로 밟으며 중얼거렸다.

"으으윽!"

흑각사는 자신의 최후 수단까지 사라지자 이미 사색이 된 얼굴이 아예 두려움으로 돌같이 굳어 버렸다.

"다시 묻는다 여자들은 어디에 모이느냐?"

"모른다!"

빠직!—

"으아아악!"

진무성이 사정없이 발목을 밟자 뼈가 가루가 되는 소리와 함께 흑각사의 비명이 청 내를 울렸다.

"여자들은 어디에 모이지?"

"모, 모른다!"

"강단은 있네. 방주할 만해. 그럼 계속 견뎌 봐."

진무성은 흑각사의 혈도 여덟 군데를 짚고는 정청 안을 살피기 시작했다.

'이런 놈들은 중요한 것을 멀리 두지 않는다. 아무도 믿지 못하기 때문이지. 그렇다고 눈에 보이는 곳에도 두지 못하지.'

책상과 탁자 벽면까지 천천히 훑어 보던 진무성의 한 곳에 꽂혔다.

다가간 그는 벽면에 붙은 조각상을 돌렸다.

그러자 벽면이 활짝 열렸다.

천마 이후 마교 제일의 두뇌로 불리던 마노야답게 그는 기관과 진법까지 모르는 것이 없었다.

"허허~ 일개 흑도파 놈이 이렇게 많은 돈을 가지고 있다니 나도 흑도방이나 세워야 하는 거 아닌가 모르겠네."

[기홍삼우! 들어와라.]

밖에서 대기하고 있던 기홍삼우를 부른 진무성은 흑각

사에게 다가갔다.

흑각사는 신음도 못 내고 입을 커다랗게 벌리고 있었다. 아혈까지 찍힌 탓에 고통 속에서 신음 소리조차 내뱉지 못하고 있었고, 핏발이 가득한 두 눈은 당장이라도 튀어나올 듯 불거져 있었다.

"얘기할 준비가 되었으면 눈을 두 번 깜빡해라. 안 됐으면 계속 버티고."

흑각사는 기다렸다는 듯 두 눈을 깜빡거렸다.

"준비가 됐나 보군. 만약 이번에도 원하는 답이 안 나오면 더 이상 안 묻는다."

말을 마친 진무성이 아혈을 풀어 주었다.

"혀, 혈도부터 풀어 주시오."

"말부터 해라."

"마, 마, 말하면 전 죽습니다."

"그러면 지금 죽든가."

진무성이 다시 아혈을 찌르려고 하자 흑각사는 다급하게 소리쳤다.

"말하겠소! 말하겠소!"

"그럼 말해라."

"제가 여자들을 인수 받는 곳은……."

어깨의 근육이 찢어지고 발목 뼈까지 부서진 상황에서 당하는 분근착골의 고통은 죽음보다 더 고통스러웠다.

자살에 실패한 흑각사로서는 더 이상 견딜 수 없었다.

"주군, 저희 왔습니다. 좀 늦었습니다."

그때 도착한 기홍삼우는 사방에 죽어 있는 시신을 보며 잠시 멈칫했지만 곧 허리를 굽히며 인사를 했다.

"괜찮다. 저 벽 안에 있는 것을 모두 객잔의 방으로 옮겨 놓도록 해라."

벽을 본 기홍삼우는 눈이 동그래지며 말했다.

"와아! 이게 얼마야? 이거 다 나르려면 몇 번은 왔다갔다 해야 할 것 같은데요?"

"상관없으니까 빨리 옮기도록 해라."

"예!"

대답을 한 기홍삼우는 안으로 들어가 짐들을 옮기기 시작했다.

"나, 나를 죽여 주시오."

자신의 목숨에 누구보다도 애착이 많은 흑각사였지만 더 이상 못 참겠는지 스스로 죽여 달라고 사정하기 시작했다.

"저 안에 있는 돈은 네 거냐?"

"전부는 아닙니다."

"전부가 아니면 누구 돈이냐?"

"으으윽! 저, 저도 모릅니다. 매달 보름에 누군가 와서 가져갑니다."

"너희가 상납을 하면서 누군지 모른다는 것이 말이 된다고 생각하는 거냐?"

"제발 고통부터……."

진무성이 몇 군데 혈도를 찍으며 말했다.

"조금이라도 거짓을 말하거나 머뭇거리면 다시 시작할 것이다."

"진짜로 모릅니다. 사실 저 이외에는 본 방에서도 아무도 모릅니다."

"계속 말해라."

"그자가 제게 만성독약이라는 독을 먹였습니다. 매달 해약을 받기 위해서는 그들에게 할당받은 돈을 준비해야 했습니다. 만약 할당량을 못 채우면 엄청난 고통을 받았습니다."

"정체는 정말 모르냐?"

"저, 정말입니다. 제가 알기로 상당히 많은 흑도파들이 그들에게 그런 식으로 돈을 상납하는 것으로 알고 있습니다."

진무성의 머리가 획획 돌기 시작했다. 그리고……

'이것 봐라…… 우리가 모르는 세력이 존재한다는 말인가……?'

진무성은 다시 물었다.

"네가 숨겨 놓은 장부가 있을 텐데? 어디 있느냐?"

"그, 그건……."

"그럼 장부 가지고 고통 속에 살아라."

잠시 벗어났던 고통이 다시 시작될 것 같자 흑각사는 다급하게 소리쳤다.

"제 침대 밑 비밀 장소에 있습니다."

"침대는 어디에 있느냐?"

"왼쪽 문으로 가시면 됩니다."

"마지막으로 여자들을 인신매매하는 하는 조직과 만성 독약을 먹인 자들에 대해 아는 것은 뭐든 말해 봐라. 만약 한 가지라도 흡족할 만한 정보면 이만 끝내 주겠다."

"정, 정말이십니까?"

"난 거짓을 말하지 않는다."

흑각사는 자신이 기억하는 모든 것을 두서없이 말하기 시작했다.

대부분은 쓸데없는 정보였지만 진무성은 하나도 빠짐없이 머리에 차곡차곡 담았다. 인신매매하는 자들과 숨어 있는 조직에 대해 조금이라도 더 많은 단서를 찾기 위해서였다.

"주군, 다 옮겼습니다."

주성택의 보고를 받은 진무성은 고개를 끄덕이고는 말했다.

"저쪽 방, 침대 밑에 비밀 장소가 있다고 한다. 가서 장부 가지고 와라."

"예!"

기홍삼우가 침대 방으로 가자 진무성은 흑각사를 보며 혀를 차며 말했다.

"안 됐지만 쓸 만한 정보가 없구나. 그래도 계속 말한 정성이 있으니 고통없이 죽여 주마."

혹시나 하는 마음에 열심히 머리를 굴리며 말하던 흑각사는 깜짝 놀라 고개를 들었지만 이미 사혈을 찍히면서 그대로 고개를 떨구고 말았다.

'넌 너무 나쁜 짓을 해서 살려 둘 수가 없다.'

억울한 표정으로 죽은 흑각사를 보며 중얼거린 진무성은 밖으로 걸어 나갔다.

밖을 경비 서고 있던 자들도 이미 죽었는지 피를 흘리며 엎어져 있었다. 안과 다른 점은 상처가 없이 오공에 피를 흘리며 쓰러져 있다는 것이었다.

마음 같아서는 모조리 죽이고 싶었지만 설화영의 부탁을 외면할 수는 없었다.

[주군, 장부들 다 찾았습니다.]

[가지고 객잔으로 돌아가라. 난 일을 끝내고 가겠다.]

[예!]

기홍삼우가 떠나자 진무성은 정청을 향해 손을 뻗었다. 그러자 그의 손에서 시작된 삼매진화가 순식간에 정청을 불로 덮어 버렸다.

"불이다! 방주님 계신 곳에 불이났다!"

밖에 있던 잔혹방의 수하들이 놀라서 뛰어 들어왔을 때는 이미 불을 잡기가 어려울 정도로 커져 있었다.

물론 진무성의 모습 역시 사라진 후였다.

* * *

"군사부에서는 분석이 끝났느냐?"

"자웅산의 계획이 실패한 것은 우연 때문인 것 같습니다."

"지금 감히 가주님께서 허락하신 계획이 우연 때문에 실패했다고 말하는 것이냐!"

대무신가 수석군사인 정운의 밑에 장로 소규환이 어불성설이라는 듯 질책하듯이 소리쳤다.

"그렇기에 우연이라고 한 것입니다. 가주님께서 허락한 계획이 다른 사람의 계획에 의해 실패한다는 것은 있을 수 없습니다. 그러니 알고 한 것이 아니라 우연히 방해하게 된 것이라는 것입니다."

"묘하게 설득력이 있긴 하지만 가주님께서는 우연까지 다 보시는 분이시다. 난 군사부에서 세부적인 곳에서 실수한 것은 없는지를 묻는 것이다."

또 다른 장로인 귀화선자의 말에 정운은 답을 하지 못했다. 사실 누구라도 대답하기에 매우 어려운 모순적인 질문이기 때문이었다.

"가주님 들어오십니다."

그때 밖에서 들려오는 소리에 모두가 자리에서 일어났다.

문이 열리고 안으로 들어온 사공무경의 표정은 심기가 많이 불편하다는 것을 여실히 보여 주고 있었다. 중앙의 의자에 앉은 사공무경은 모두에게 무겁게 말했다.

"앉아라."

"예!"

모두가 앉자 사공무경이 같이 들어온 연지혼을 보며 말했다.

"보고해라."

수석 술사인 연지혼은 모두에게 공손히 인사를 하고는 준비한 종이를 모두의 앞에 하나씩 놓았다.

매 분기마다 대무신가의 술사들이 각자의 능력을 통해 알아낸 미래에 대한 예측을 종합해 나온 보고서였다.

종이를 한 장 한 장 넘기던 간부들의 표정이 묘하게 변해 갔다.

"연 수석, 이게 뭐요? 이것을 가지고 무슨 계획을 짤 수 있겠소?"

조규환의 노한 질문에 학문규가 말을 이었다.

"조 장로님 말대로 이건 이미 결정된 예측조차 부정하는 꼴이 아니오?"

연지혼은 사죄하는 표정으로 머리를 숙이고는 조심스럽게 말을 이어 갔다.

"모든 술사들마다 다른 점괘가 나오고 같은 날 본 천기조차 다르게 해석을 하고 있습니다. 이런 경우는 본 가역사상 한 번도 없었던 일인지라 술사들도 지금 무척 혼란스러워하고 있습니다."

연지혼의 말에 모두의 시선이 사공무경에게 향했다.

그가 모든 예측과 계획을 만드는 것은 아니었다. 하지만 술사들의 예측 보고서와 군사부의 계획은 모두 간부회의를 거친 후, 사공무경의 마지막 재가를 받았다.

잘못이 있으면 고쳐 주고 실수가 나오면 시정해 주는 것이 바로 그였다.

그리고 그가 틀린 적은 한 번도 없었다.

하지만 이번만은 사공무경도 쉽게 입을 열지 못하고 있었다.

사공무경이 입을 열지 않으니 다른 간부들 역시 입을 닫을 수밖에 없었다. 그렇게 시간이 얼마나 흘렀을까……

"천기를 흐트러뜨리고 점괘에조차 나타나지 않는 자가 있다. 천기에 나타나서는 안 되는 어떤 존재와 천기에 보이지도 않을 하찮은 존재가 중첩된 신비한 자다. 이자의 앞을 우리가 볼 수 없으니 이제부터 불확실한 추측에 의한 추적을 할 수밖에 없다."

사공무경조차 보지 못하는 자가 나타났다는 뜻밖의 말에 모두는 어리둥절한 표정을 지었다.

"이런 현상은 황도에서 제황병이 나타났다는 소문과 함께 시작되었다. 우선 아직 십 년은 더 권력을 휘두를 것으로 보았던 고윤의 행방불명부터 본 가의 예측이 변했다. 본 가의 모든 정보망을 펼쳐 그즈음에 황도에서 일어난 모든 사건은 물론 황도에서 나온 자가 누가 있는지 완벽하게 조사해라. 아무리 하찮은 자라 해도 황도에서 나온 후 다시 황도로 돌아가지 않은 자들은 모조리 조사한다."

모두는 사공무경의 표정과 말투에서 매우 심각한 상황이라는 것을 직감하고는 커다랗게 외쳤다.

"존명!"

모두가 나가자 사공무경은 손으로 육갑을 짚으며 중얼거렸다.

'이놈, 다른 무엇보다 가장 먼저 처리하지 않는다면 두고두고 우환이 될 놈이다.'

사공무경의 최우선 제거대상이 설화영에서 진무성으로 변하고 있었다.

* * *

 객잔에 도착한 진무성은 기흥삼우에게 은자들을 정리하라고 명한 후, 자신의 방으로 들어갔다.
 그리고 가져온 장부를 천천히 살피기 시작했다.
 '일개 흑도가 이렇게 많은 일을 하고 있었다니 의외로구나.'
 중간 크기의 현인 교촌현의 일개 흑도방에서 벌어들인 돈이 이 정도라면 천하 전체에서 벌어들이는 돈은 정말 천문학적일 것이 분명했다.
 장부에는 잔혹방이 사용하는 돈은 물론 제갈세가를 비롯한 인근의 무림 세력에 상납하는 돈까지 상세하게 적혀 있었다.
 그중 그의 눈을 사로잡은 것은 미상의 출처였다.
 진무상은 그것이 흑각사가 말한 미지의 세력에게 상납한 돈이라고 판단했다. 문제는 그 액수가 다른 모든 사용처의 돈을 합친 것보다 더 많다는 점이었다.
 심지어 여인들의 인신매매 역시 그들과 연관이 있는 것이 분명했다.
 [주군, 장노입니다.]
 그때 벽력신권의 전음이 들려왔다.
 [들어오세요.]

그의 허락이 떨어지자 벽력신권이 세 명의 노인과 함께 방 안으로 들어왔다.

"좀 늦었습니다."

벽력신권은 공손히 허리를 숙이며 말했다.

자웅산 사건 당시, 그는 자신의 사형제들이 모두 자웅산에 왔다는 것을 알고는 진무성의 허락을 받아 사형제들을 모두 데리고 온 것이었다.

"처음 뵙겠습니다. 진무성이라고 합니다."

진무성이 포권을 하자 벽력신권의 사형제들은 실망한 표정을 지으면서도 포권을 했다.

사형제라고는 했지만 일 년에 한 번 벽력문이 있던 곳에서 사부에 대한 예를 지낼 때만 볼 뿐이었다. 그들은 폐허가 된 벽력문에서 사부의 시신을 찾은 후 반드시 원수를 갚은 후, 사문을 다시 세우겠다고 맹세를 했었다.

하지만 원수를 갚는 일은 예상보다 오래 걸렸다. 벽력문을 공격한 자들이 생각 외로 많았기 때문이었다.

더구나, 반드시 찾아야 할 사부를 만났던 자에 대한 단서는 찾지 못했고 원수들 중 그들이 감당하기 어려운 자들도 여럿이 있었다.

결국 그들의 궁극적인 목표인 사문을 재건하는 일까지 미루어지면서 모두는 점점 초조해지고 있었다.

그런데 갑자기 그들을 부른 벽력신권이 자신들의 염원

을 해결해 줄 분이 나타났다는 말을 했으니, 그들로서는 큰 기대감을 가질 수밖에 없었다.

인사가 끝나자 벽력신권이 소개를 시작했다.

"이분이 무림에서 벽력신장이라 불리는 제 대사형이십니다."

"해종열입니다."

"여기는 강력신도로 불리는 셋째입니다."

"권책입니다."

"그리고 천뢰신검 막내사제입니다."

"오수광입니다."

"장노의 말씀대로 대단하신 분들이시군요."

"사형 말씀이 공자님이야말로 정말 대단하신 분이라고 하시더군요."

"너무 좋게 말씀해 주신 것 같군요."

"사형 말씀이 공자님을 주군으로 받들기로 하셨다고 하던데, 저희는 벽력문을 다시 일으켜야 할 사명이 있습니다."

"벽력문은 다른 방파에 적을 두지 못하는가 봅니다."

"문의 규율은 저희가 새로 정하면 됩니다."

벽력신권이 급히 끼어들자 세 명의 눈이 그에게 향했다. 왜 혼자서 마음대로 정하느냐는 불만의 표정이었다.

"우선 앉으십시오. 장노께서 무슨 말을 하셨는지는 모

르지만 세 분께 강요는 하지 않습니다."

"저희에게는 불구대천의 원수가 있습니다. 몇 명은 누군지 알면서도 저희의 무공으로는 상대할 수 없어서 어찌하지 못하고 있습니다. 원수 중 저희 문파에 큰 피해를 입힌 자조차 거대 세력의 일원일 것이라고 짐작만 하고 있을 뿐 아직도 누구인지조차 모르고 있습니다. 도와주실 수 있겠습니까?"

"나쁜 놈들입니까?"

"예?"

"전 나쁜 놈들만 죽입니다."

모두의 얼굴에 이채가 나타났다. 너무 단순한 한 마디였지만 이상하게 믿음이 강하게 들었기 때문이었다.

"저희 사형제가 무림에 그리 좋은 평판을 얻고 있지는 않지만 나쁜 짓은 하지 않았습니다. 저희의 원수는 혈사련과 암흑무림에 속해 있는 마두들입니다. 모두 나쁜 놈들입니다."

"그럼 제게는 무엇을 해 주시겠습니까?"

"원한을 갚을 수 있게 도와주신다면 공자님은 저희들에게 은인이 되십니다. 당연히 원하는 것이 있으시면 도움을 드리고 싶습니다."

"제가 원하는 것은 없습니다. 창방을 하려는 것도 단지 나쁜 놈들을 없앨 생각으로 세운 것뿐입니다. 원수들이 나쁜 놈들이라니 제가 하려는 일을 하는 것뿐이니 은인이라고 하실 필요도 없습니다."

"주군!"

벽력신권이 얘기가 좀 이상하게 흐르는 것을 느낀 듯 급히 끼어들었지만 진무성의 손짓에 입을 닫았다.

"제가 이런 말을 하면 오해를 하실까 조심스럽지만 그래도 하는 것이 좋겠습니다. 전 군인 출신입니다. 전장에서 패하는 이유가 여럿이 있습니다. 전력이 부족하거나 수에서 너무 차이가 나도 패배의 이유가 되지만 가장 큰 이유는 전우끼리 서로에게 등을 맡길 수 없을 때입니다. 세 분께서 제게 먼저 충성을 맹세한 후에 조건을 말하셨으면 더 좋았을 것인데 좀 안타깝군요."

"주군! 제가 사형과 대화를 좀 나누고 오겠습니다."

벽력신권이 당황한 듯 다시 입을 열었다.

"장노, 무리하지는 마십시오. 진정한 충심은 스스로 결정을 할 때 나오는 것입니다. 그리고 원수를 갚는 일은 제가 도울 수 있는 한 도울 것입니다."

진무성의 말을 들은 벽력신장은 벽력신권을 한 번 쳐다보았다. 그가 아는 벽력신권은 다혈질적이고 매우 자존심이 높았다. 더구나 벽력문을 다시 세워야 한다는 신념이 아주 강했다.

그런 그가 진무성을 주군이라 부르고 진심으로 충성을

보낸다면 이유가 있을 것이라고 판단한 것이다.

"아닙니다. 저희 생각이 짧았습니다. 사제들 주군께 인사드려라."

대사형인 벽력신장이 엎드리자 두 사제도 따라서 엎드렸다.

"벽력문 대제자 해종열, 충성을 맹세하며 주군으로 받들겠습니다."

그 순간 충성을 맹세하는 그들을 향해 거역할 수 없는 엄청난 기도가 그들을 뒤덮었다.

처음부터 기도를 보였다면 설득이 쉽겠지만 진무성은 그들의 진정성을 알아보기 위해 진면목을 보이지 않았었다.

그리고 세 명은 바닥에 머리를 댔다.

방도 수가 다시 늘어난 진무성이었다.

* * *

혈사련 대정청.

태사의에 앉은 파천혈마는 흑면수사를 눈을 가느다랗게 뜨고는 쳐다보았다.

그러자 흑면수사가 보고를 시작했다.

"이번 광혈문 흉수 추격을 위해 총 오백 명……."

우선 광혈문 사건을 명분으로 삼아 북진한 무력대원들

에 대한 보고가 시작되었다.

다 들은 파천혈마는 짜증스러운 표정으로 물었다.

"그럼 아직까지는 가시적인 성과는 없다는 말이구나?"

"당장 눈앞에 보이는 성과는 없지만 곧 만족할 만한 교두보가 구축될 것입니다."

"다음!"

"십 년을 주기로 무림의 기물들을 소문내어 혈겁을 조장하던 자들이 이번에 자웅산에 나타났던 것 같습니다."

"얘기는 들었다. 그런데 본 련의 정보망에 전혀 걸리지 않은 이유가 뭐냐?"

"정말 신기할 정도로 본 련의 정보망을 피했습니다. 마치 저희들의 움직임을 다 알고 있지 않았나 싶을 정도였습니다."

"간세라도 있다는 것이냐?"

"간세는 아닙니다. 마치 본련이 어떤 식으로 움직일지를 다 알고 있다는 듯이 모든 감시를 피했습니다."

곤혹스럽게 말하는 흑면수사를 보는 파천혈마의 눈에 이채가 나타났다. 뭔가 짐작가는 것이 있는 듯했다.

"자웅산에서 혈겁을 조장하던 놈들의 정체는 밝혔느냐?"

"개방과 무림맹에서 본격적인 조사에 들어갔지만 한 명도 정체가 밝혀진 자가 없다고 합니다."

"상당한 고수들이었다고 들었는데, 정체를 모른다는 것은 은밀하게 키운 자들이라는 말인데……."

"제 추측도 그렇습니다. 지금 무림에 본 련조차 모르는 조직이 존재하고 있음이 분명합니다."

"본 련만이 아니라 무림 전체가 모르는 세력이 있다는 말이겠지."

"혹시 마교가 다시 나타난 것은 아닐까요? 황도에서 이미 마교의 존재가 나타났으니까요?"

"마교는 아니다."

파천혈마는 분명 마교에 대해 잘 아는 듯 단언하듯이 말했다.

"그런데 한 가지 특이한 점이 있습니다."

"뭐냐?"

"죽은 놈들을 개방에서 부검을 한 후, 자웅산의 음모를 저지한 놈이 광혈문을 멸문시킨 놈과 동일인이라고 보고를 했다고 합니다."

"이유는?"

"몸에 난 창상이 같다고 판단을 한 것 같습니다."

"개방 놈들이 그렇게 확인했다면 맞을 게다. 하지만 의외이긴 하구나. 너무 연결고리가 없어."

"지금 살형방과 광혈문을 멸문시킨 놈이 양민인 채가장을 멸문시킨 놈과 동일인이라는 보고가 있었습니다.

양민과 무림인을 동시에 없앴다는 것은 원한일 확률이 큽니다."

"그러니까 자웅산과 다르다는 것 아니냐?"

"자웅산이야말로 그놈의 실체를 알려 주는 것일 수도 있습니다. 그덕에 그놈을 추격한다는 명분으로 더 많은 본 련의 제자들을 북진시킬 수 있다고 봅니다."

잠시 생각하던 파천혈마는 고개를 끄덕였다.

"좋다. 그놈은 찾는 척만 하고 잡지는 마라. 그놈이 어떤 짓을 하는지 좀 더 두고 보자. 아무래도 그놈이 제법 큰 변수가 될 것 같구나."

자신도 모르게 점점 무림의 핵으로 부상하고 있는 진무성이었다.

* * *

객잔의 큰 방.

침상에 걸터앉아 있는 진무성의 양 옆으로 벽력문 사형제와 기흥삼우가 의자에 앉아 있었다.

"저를 믿고 따라 주시는 여러분께 제가 무슨 계획을 가지고 있는지는 말하는 것이 맞다고 생각합니다."

진무성의 말에 모두는 경청하는 자세를 취했다.

"먼저 제 첫 번째 계획은 인신매매 조직을 없애는 것입니다. 이 계획은 사실 저의 사적인 복수라고 해도 됩니다."

 진무성은 자신의 여동생이 인신매매 조직에 팔린 후, 어떤 식으로 죽었는지를 설명했다.

 침통한 표정을 짓고 있던 모두의 표정이 일변했다. 진무성의 몸에서 뿜어져 나오는 분노가 그들의 온몸을 짓눌렀기 때문이었다.

 그들은 분노만으로도 사람을 죽일 수도 있겠다는 생각이 언뜻 들 정도였다.

 "두 번째 계획은 본 방의 장로와 호법이 되실 사노의 원수들을 찾는 것입니다. 스스로의 원한을 풀어야 마음 편하게 다음 계획으로 나갈 수 있다는 것이 제 생각입니다."

 "감사합니다."

 해종월은 급히 일어나 포권을 하며 말했다.

 "제게 충성을 맹세하고 본 방의 방도가 된 이상 여러분의 원수는 우리 모두의 원수입니다. 감사하다는 표현을 하실 필요 없습니다."

 당연하다는 듯 말을 한 진무성은 기흥삼우를 보며 말했다.

 "기흥삼우는 풀어야 할 은원이 없습니까?"

 "없습니다!"

 "아우를 죽인 자들이 있다고 들은 적이 있는데?"

"소소한 일입니다. 언제든지 저희들이 처리할 수 있습니다."

기흥삼우는 지금 가슴이 두근두근 격동하고 있었다. 명호까지 얻을 정도로 이름이 좀 나기는 했지만 사문이 없는 그들은 사실 낭인이나 마찬가지였다.

몇 번 중소 방파에 적을 둔 적도 있었지만 실망하고 떠나고 말았었다.

문파의 강함은 방도의 수보다는 초절정 고수를 몇 명이나 보유하고 있냐가 먼저였다.

그런데 지금 백대고수에 이름을 올린 초절정 고수가 네 명이나 있는 문파에 적을 두게 된 것이다. 그들로서는 실로 감지덕지라는 말이 무색할 정도로 큰 행운이었다.

그리고 진무성의 입에서 그들을 감복시킬 말이 튀어나왔다.

"사노께서는 기흥삼우에게 무공을 좀 가르쳐 주실 수 있겠습니까?"

"그렇게 하겠습니다."

해종월이 흔쾌히 승낙하자 기흥삼우는 그 자리에 넙죽 엎드리며 소리쳤다.

"주군과 장로님께 감사드립니다. 하해 같은 은혜는 충심으로 보답하겠습니다."

언제나 좀 더 강한 무공에 목말라하던 그들에게 최고의

선물이 주어진 것이었다.
 "그럼 오늘은 쉬고 내일부터 본격적으로 움직이도록 합니다. 시작은 장사부터입니다."
 드디어 본격적으로 무림인으로서의 활동을 선언하는 진무성이었다.

6장

"찾으셨습니까?"

예설평은 설화영을 보자 공손히 인사를 했다.

"어서 오세요. 앉으세요."

"예!"

예설평이 앉자 설화영은 종이와 봉투에 담긴 서찰을 건넸다.

"거기 종이에 적힌 대로 시행해 주세요."

"알겠습니다."

"그리고 구양 어르신은 어디 계시지요?"

"총단에 계십니다."

"그분께 서찰을 좀 전해 주세요."

"그렇게 하겠습니다."

"……그런데 아가씨."

"말씀하세요."

"진 대인께서 자웅산의 음모를 저지하면서 쫓는 세력들이 더 많아졌습니다."

"진 대인에 대해서 아는 사람이 거의 없는데 쉽게 알아내기는 어려울 거예요."

"채가장을 멸문시킬 때 흔적이 남았습니다. 저들의 방대한 정보망이면 진 대인이 범인임을 알아내는 것은 시간문제로 사료됩니다."

"그래서 제가 그 계획대로 일을 시작하라고 한 거예요. 웬만한 일은 그분께서 스스로 처리하실 것이니 그 계획만 잘 시행하세요."

"그렇게 하겠습니다. 그럼 언제부터 시작할까요?"

"지금 당장 시작하세요."

"예!"

예설평이 나가자 초선이 물었다.

"아가씨, 진 대인님 정체가 곧 드러날 수도 있다는데 괜찮으세요?"

설화영이 진무성의 정체가 드러나는 것을 매우 두려워하는 것 같았기 때문이었다.

"글쎄~ 분명 알려지면 진 대인께 크게 위험이 닥친다고 생각했는데 이젠 모르겠어. 한 달 간격도 아니고 일

년도 아니야. 그냥 매일 바뀌고 있어."

"그럼 더 위험하신 거 아니에요?"

초선의 반문에 설화영은 진무성의 초상화를 아련한 눈빛으로 쳐다보았다. 그리고 보일 듯 말 듯 희미하게 미소를 그리며 말했다.

"그분께 무슨 일이 벌어지고 있을까? 왜 내가 그분의 미래만은 보지 못할까? 많이 생각해 봤어. 그리고 알았어."

"뭐를요?"

"내가 그분을 찾았고 내가 그분께 도움이 될 거라고 믿었어. 그리고 그분의 고난은 아직 끝나지 않았다고 생각했는데 모든 것이 틀렸었어."

"아가씨께서도 틀릴 때가 있으시단 겁니까?"

"나도 사람이니까. 하지만 진 대인께서는 달라. 나 같은 사람이 그분의 미래를 읽고 그분을 도울 도울 수 있다고 생각한 것 자체가 바로 틀렸던 거야."

"그래도 지금 계획을 보면 돕는 것이잖아요?"

"그분의 커다란 행보에 미약한 보탬이 되는 정도일뿐이란다."

"……솔직히 전 무슨 말씀이신지 모르겠네요."

"호호호~ 나도 솔직히 무슨 말인지 모르겠구나."

재미있다는 듯 웃는 설화영의 얼굴을 초선은 입까지 벌

리고 넋잃은 듯 쳐다보며 말했다.

"아가씨……."

"응?"

"웃는 모습이 정말 항아(姮娥) 같으세요."

"대화하다 말고 갑자기 무슨 말이야?"

"너무 아름다우시다고요."

설화영은 살포시 미소를 지었다. 갑자기 진무성과 헤어지기 전 자신에게 해 준 말이 생각났기 때문이었다.

"너무 아름답소."

그녀는 사랑하는 남자의 말 한마디가 자신을 그렇게 행복하게 만들어 줄 수 있다는 사실을 처음 알았다.

* * *

장사에 도착한 진무성이 사노와 기흥삼우에게 몇 가지 조사를 명하고는 상향현으로 향했다.

상향은 장사에서 반나절 거리에 있는 작은 현이었다. 상권이 발달하지도 않았고 풍광이 유명한 곳도 아니었지만 무림인에게는 장사보다 더 이름 난 곳이었다.

바로 무림 오대세가의 한 곳이자 지자(智者)의 가문으

로 알려진 제갈세가가 있는 곳이기 때문이었다.

"확실하게 광혈문도에게서 보인 창상과 똑같았다는 것이냐?"

"개방의 의개가 확인해 주었으니 확실할 것입니다."

제갈장문의 보고에 가주인 제갈장백은 의아하다는 표정으로 반문했다.

"도대체 그자의 의도가 뭐란 말이냐?"

군사부를 맡고 있는 제갈장산이 심각한 표정으로 부언했다.

"저희도 보고를 받고 여러 가지로 분석을 했지만 의도를 짐작키 어려웠습니다."

무림맹이나, 여타의 정파는 해답을 알 수 없는 사건이 일어나면 제갈세가에 연락해 묻는 것이 일상화되어 있을 만큼 그들을 신뢰했다.

무력이 다른 오대세가에 비해 약함에도 천하의 어느 누구도 제갈세가를 무시하지 못하는 이유였다.

"의도를 짐작하지 못한다 해도 대비책은 마련했을 것 아니냐?"

"우선 남궁세가의 사건도 있어서 외유를 나간 제자들에게 모두 복귀하라 지시했고 본가의 기관과 진도 활성화하라고 명을 내렸습니다."

"위기 상황이라고 판단하느냐?"

"아직은 위기 상황까지는 아니라고 봅니다. 하지만 유비무환이라고 했습니다. 만약을 위해 준비는 해야 한다고 봅니다."

"혈사련에서 무력대를 사방으로 보내고 있던데 거기에 대한 대비는 어떻게 하고 있느냐?"

"그들이 흉수를 찾는다며 선을 넘는 행동을 하고 있지만 명분이 확실해서 막지는 못하고 있습니다. 그들 역시 본가와는 마찰을 최대한 피하고 있어서 아직까지 큰 문제점은 없습니다."

"파천혈마는 야망이 큰 자다. 흑면수사 역시 대단한 책사다. 분명 이번 기회를 놓칠 리가 없다. 그들에 대한 감시를 게을리해서는 안 될 것이다."

"걱정 마십시오. 조금의 빈틈도 없도록 하겠습니다."

"가주님! 제갈태기입니다."

그때, 경비대장인 제갈태기의 목소리가 들려왔다.

"들어와라."

그가 들어오자 장로인 제갈장신이 질책하듯 말했다.

"지금 회의 중인 것이 안 보이느냐?"

"죄송합니다. 그런데 진무성이라는 자가 가주님께 면담을 하고 싶다고 찾아왔습니다."

"태기야! 넌 경비대장이란 놈이 이름도 모르는 자가 가주님께 면담 요청을 하면 안 된다고 거절해야지 그것을 직접 와서 보고를 하는 것이 맞는 거냐?"

"저도 처음에는 거절했습니다. 그런데 자웅산에 벌어진 사건에 대해 아주 중요한 정보가 있다고 해서 그냥 보낼 수 없었습니다."

"자웅산? 무언가를 보았다는 말이냐?"

"그것은 모르겠습니다."

"그렇다면 내가 만나도 되고 군사부에 연락해도 되지 않느냐? 어찌 가주님께 직접 보고하는 것이냐."

"그자가 가주님을 직접 뵙지 않으면 얘기할 수가 없다고 해서, 급하게 움직였습니다. 죄송합니다."

"가만있어 봐라. 장난 같지는 않으냐?"

제갈장백의 말에 제갈태지는 급히 답했다.

"제가 보기에는 장난을 칠 사람은 아니었습니다."

"무공은 어떻더냐?"

"잘해야 일류급 정도로 보였습니다."

"파천도를 차지하기 위해 자웅산에 모였던 자들 중 하나란 말인데…… 정청으로 모셔라."

"가주님, 정체도 모르는 자를 직접 만나시는 것은 위험합니다."

"고작 일류급 정도의 무공이라지 않느냐? 그리고 우리가 놓친 중요한 것을 봤을 수도 있다. 지금 같은 상황에서는 아무리 가벼워 보이는 사안이라도 무시하면 안 된다. 태기는 당장 나가서 그자를 정청으로 모시고 다과라도 대접해 드려라."

"알겠습니다."

제갈태기가 나가자 제갈장백은 제갈장산을 보며 말했다.

"그자가 정청에 들어오면 장산이 네가 먼저 가서 대화를 나눠 보거라. 난 네가 들어가고 삼각 안에 나오지 않는다면 따라 들어가겠다."

"예!"

* * *

진무성이 상향에 온 것은 제갈세가를 방문하여 친분을 나누기 위해서였다.

그가 쫓고 있는 자들을 제거하기 위해서는 호남의 절대자로 불리는 제갈세가와 먼저 얘기가 되지 않는다면 여러 가지 오해가 생길 수 있었다.

무엇보다 잘못하면 정파와 척을 지는 원치 않은 상황이 될 수도 있었다.

진무성은 자신의 계획을 실행하는 중에 생길 수 있는 변수는 최대한 제거하고 싶었다.

뒷짐을 진 채, 빈청을 천천히 살피던 진무성의 눈에 이채가 나타났다.

'곳곳에 기관의 흔적이 많아. 그러고 보니 들어올 때 전각들도 모두 진법의 원리를 따라 지어진 것 같던데, 제갈세가가 천하에서 가장 침범하기 어려운 곳 중의 하나라고 하더니 이유가 있었군.'

빈청에서만 네 곳의 기관의 손잡이를 발견한 진무성은 역시! 하는 표정으로 고개를 끄덕였다.

그때, 제갈장산과 제갈태민이 청 안으로 들어섰다.

"앉아 계시지 왜 서 계십니까?"

제갈장산은 진무성이 서 있는 것을 보자 포권을 하며 말했다.

"주인이 아직 오지 않으셨는데 앉아서 기다리는 것은 큰 결례이지요. 전 진무성이라고 합니다."

"노부는 제갈세가의 군사부를 책임지고 있는 제갈장산이라고 합니다. 그리고 이쪽은 노부의 사질입니다."

"제갈태민입니다."

온화한 미소에 상대를 최대한 편하게 하려는 제갈장산과는 달리 제갈태민은 상당히 경계하는 눈빛으로 진무성을 보며 포권을 했다.

제갈장산이 앉고 진무성이 그의 앞에 앉자 제갈태민은 제갈 장산의 왼쪽 옆에 섰다. 진무성이 조금이라도 허튼 짓을 하면 제갈장산을 보호하면서 가장 빠르게 반격에 나설 수 있는 자리였다.

진무성은 모른 척, 입을 열었다.

"전 가주님을 만나 뵙고 싶다고 말씀드렸는데요?"

"자웅산 사건에 대해 말씀해 주실 것이 있다고 하셨는데 제가 본가의 군사입니다. 제게 말씀하셔도 괜찮습니다."

"제가 드릴 말씀이 상당히 중요합니다. 가주님만이 감당하실 수 있을 것입니다."

"그 정도로 중요한 정보를 가지고 계실 것 같지는 않는데 그 말에 책임을 지실 수 있겠습니까?"

제갈장선쯤 되는 배분을 가지고 있다면 이름도 없는 무명소졸에 나이까지 젊어 보이는 진무성에게 반말을 해도 무방했지만 그는 꼬박꼬박 공손하게 존대를 했다.

"책임이라면 어떤 책임을 말하시는 것인지 말씀해 주시겠습니까?"

"가주님까지 오셨는데 장난이거나 쓸모없는 정보를 주었을 때 그에 따르는 응분의 책임을 질 수도 있다는 말입니다."

"그렇다면 제 정보가 아주 필요한 정보이거나 유용하다면 제갈세가에서 제 부탁을 들어 주실 수 있겠습니까?"

"어떤 부탁인지 먼저 말씀해 주시면 제가 가부를 말씀

드리겠습니다."

"아니요. 전 꼭 들어 주시기를 바랍니다."

"듣자 듣자 하니 너무 건방지구나! 숙부님께서 예의를 지키시면 너도 좀 예의를 지켜라!"

제갈태기가 도저히 듣기 거북한지 호통을 치고 말았다.

"손님에게 지금 뭐하는 짓이냐!"

제갈장선은 굳은 목소리로 제갈태기를 질책했다.

"가주님, 드십니다!"

그때 문이 열리며 제갈장백이 장로인 제갈장청과 함께 안으로 들어왔다.

자리에서 일어난 진무성은 제갈장백을 향해 공손히 포권을 했다.

"진무성입니다."

"제갈세가의 가주인 제갈장백이네."

"이렇게 뵙게 되어 영광입니다."

제갈장백의 얼굴에 이채가 나타났다.

제갈세가의 가주를 만나 이렇게 의연하게 대할 수 있다는 사실이 의외였기 때문이었다.

"노부는 제갈세가의 장로인 제갈장청이오."

"진무성입니다."

"모두 앉게."

먼저 자리에 앉은 제갈장백은 인사가 끝나자 모두에게 앉으라는 듯 손짓을 했다.

잠시 침묵이 흘렀다.

모두는 진무성을 주시했다.

"그래, 내게만 해야 할 정보가 무엇인가?"

진무성은 제갈태기를 보며 말했다.

"지금부터 제가 드릴 말씀은 누구도 알아서는 안 될 비밀입니다. 우선 비밀을 지켜 주신다는 약속을 해 주셔야 합니다. 그리고 저분은 나가게 해 주십시오."

"지금 나보고 하는 말이냐?"

제갈태기는 노한 표정으로 소리쳤다.

"비밀은 적을수록 잘 지켜지기에 하는 말입니다."

"나가 있거라."

"가주님, 이자의 정체를 모르는데……."

"제갈세가의 제자들은 가주님의 명을 듣지 않아도 되는가 봅니다."

진무성의 말에 곤혹스러운 표정을 지은 제갈태기는 결국 허리를 숙이고는 밖으로 나갔다.

"이제 말해 줄 수 있겠나?"

제갈장백의 말에 진무성은 고심하는 듯 잠시 생각하더니 천천히 입을 열었다.

"다시 말씀드리지만 지금부터 하는 얘기는 여기 있는

분만 아셔야 합니다. 무림맹에도 알리시면 안됩니다."

"약속할 것이니 말해 보게. 단 그럴 만한 가치가 있어야 할 것이네."

진무성은 잔혹방에서 가져온 장부를 품에서 꺼내 건넸다.

"이건 뭡니까?"

"잔혹방이라는 곳에서 입수한 비밀 장부입니다. 제갈세가에서도 상당한 액수를 상납받으셨더군요."

모두의 검미가 살짝 꿈틀했다. 공공연한 비밀이지만 그렇다고 흑도에게 돈을 받았다는 것의 증거가 백일하에 나타나는 것은 정파인 제갈세가에게는 치부와 같았다.

"지금 그것을 가지고 대단한 정보라고 하는 거요?"

제갈장청이 불쾌하다는 듯 말했다.

"아닙니다. 장부를 잘 살펴보십시오."

장부를 살피던 제갈장산의 표정이 살짝 변했다.

"출처가 불분명한 곳에 가장 큰돈이 지출됐군요?"

"뭔가 이상하다고 생각하지 않으십니까?"

"이 장부는 어떻게 입수하신 것이오?"

"잔혹방의 간부들을 모두 죽이고 가지고 나왔습니다."

"잔혹방 간부들을 다 죽였다면 설마 흑각사도 죽였다는 것이오?"

"방주를 말씀하시는 거라면 죽였습니다."

"제갈세가의 세력권 내에 있는 자들을 저희의 허락없이 죽이는 것은 본가에게는 매우 무례하고 심지어 척을 질 수도 있는 일이라는 것을 모르십니까?"

"그래서 제가 이곳에 온 것이 아니겠습니까?"

"비밀까지 언급한 것치고는 그렇게 가치 있는 정보로 보이지는 않는군요?"

제갈장선의 말에 진무성은 예상이라도 했다는 듯 다시 말을 이었다.

"이 정도를 가지고 가치 있는 정보라고는 할 수 없지요. 제가 듣기로 자웅산에 나타난 정체불명의 복면인들을 죽인 자를 찾으신다고 하던데 맞으십니까?"

"찾고 있긴 합니다."

"그자를 제가 알려 준다면 중요한 정보가 되겠습니까?"

"그자를 보았소?"

"중요한 정보가 될지부터 대답을 해 주시지요."

사실 자웅산에 나타난 정체를 알 수 없는 자인, 진무성을 찾는 것은 제갈세가나 무림맹에게는 아주 중요한 사안이 되어 있었다.

"중요한 정보가 될 겁니다."

"거기에 광혈문을 멸문시킨 자가 누구인지까지 말해 준다면 제 부탁을 들어 주실 수 있겠습니까?"

"광혈문을 멸문시킨 자까지 안단 말인가?"

이번 말은 솔깃한 듯 제갈장백이 직접 반문했다.

"알고 있습니다."

제갈장순이 궁금한 듯 물었다.

"부탁이 뭔지 알 수 있겠습니까?"

"아주 간단합니다. 제갈세가와 깊은 친분을 가지고 싶습니다."

"친분을 가지고 싶다는 것이 부탁이라는 것입니까?"

"단지 친분이라면 굳이 찾아올 필요가 있겠습니까? 전 제가 제갈세가의 세력권에서 어떤 짓을 하든 눈감아 주시기를 바랍니다."

"어떤 짓이든이란 무슨 의미입니까?"

"말 그대로입니다. 또한 제가 창방을 한다면 무조건적으로 지지해 주셔야 합니다."

"진 소협이 방파의 주인이라도 된다는 말입니까?"

"아직 창방은 하지 않았지만 방도들은 몇 명 있습니다."

"……."

잠시 침묵이 흘렀다.

진무성은 그들이 전음으로 뭔가 심각하게 의논하는 것을 알고는 기다려 주었다.

"우선, 자웅산에 나타난 자와 광혈문을 멸문시킨 자가

누구인지 말해 보게."

"전 가주님의 약속부터 받고 싶습니다."

"약속하지. 대신 거짓이 조금도 없어야 하네."

"우선 제 짐작부터 말씀드리겠습니다. 잔혹방에서 상납한 신원 미상의 조직과 자웅산에 나타난 자들과 같은 세력이라고 봅니다."

"자웅산에 나타난 자가 누군지 알고 그런 말을 하는 것인가?"

"보물을 이용해 무림인들을 유혹해 혈겁을 조장해 온 자들 아닙니까?"

대략 십 년을 주기로 기물들을 이용해 혈겁을 조장해 온 자들에 대한 추적은 무림맹에서 전담했지만 제갈세가에서도 정보를 공유하고 있었기에 잘 알고 있었다.

문제는 그 사실은 무림맹의 핵심 문파 중에서도 최고의 간부들만이 알고 있다는 사실이었다.

"그것을 진 소협은 어떻게 알았나?"

"그자들을 계속 추격해 온 분들이 있었습니다. 그 덕에 추측이 가능했습니다."

"그럼 자웅산에서 복면인들을 죽인 자가 누구였나?"

"접니다."

뜻밖의 답에 모두는 믿기지 않는다는 눈으로 그를 쳐다보았다.

"지금 뭐라고 했나?"

"제가 다 제거했다고 했습니다."

"진 소협께서 한 명 정도를 죽였다면 모르지만 그들을 모두 죽였다는 것은 너무 터무니없는 말이라는 것을 아시는가?"

"제갈세가에서 어떤 생각을 하는지는 제가 신경 쓸 일이 아니지요. 전 약속한 대로 그 정보를 말한 것뿐이니까요."

제갈장백은 잠시 생각하더니 '혹시'하는 표정으로 다시 물었다.

"자웅산에서 복면인들을 죽인 자와 광혈문을 멸문한 사람이 동일인이라는 말이 있던데, 진짜로 진 소협이 광혈문을 멸문시켰나?"

"광혈문과 살형방은 제 개인적인 원한 때문에 벌어진 일이었습니다. 그들은 다 죽어 마땅한 자들이었습니다."

"광혈문과 살형방을 멸문시킨 탓에 무림이 커다란 태풍 속에 빠져들었는데, 그게 단지 원한을 풀기 위해 벌어진 일이라는 겁니까?"

"불구대천의 원수와 한 하늘을 이고 살 수는 없지 않겠습니까?"

"그럼 자웅산에서는 왜 그런 살육을 벌인 것입니까?"

"자웅산은 주릉현을 지나던 길에 참마도에 관한 이상

한 소문을 듣고 심심해서 올라갔다가 나쁜 놈들이 활개를 치는 것을 보고 제가 참지 못하고 손을 쓴 것뿐입니다."

"심심? 허허허~ 허무한 말이로고……."

지금 무림맹과 개방은 진무성에 대해 별의별 추측을 하며 굉장한 의미를 부여하고 있었다. 그런데 나온 대답은 그저 원한과 심심이라는 너무나도 어이없는 것이었다.

"진 소협의 말이 사실이라는 증거가 있습니까?"

제갈장산이 조심스럽게 물었다.

"이미 지난 일을 어떻게 증명할까요?"

"자웅산과 광혈문에 나타났던 자는 창을 사용했습니다. 하지만 진 소협께서는 창도 없지 않습니까?"

순간 모두의 눈에 경악의 빛이 나타났다.

그들의 눈앞에 창끝이 나타났다가 사라졌기 때문이었다. 너무 순간적이어서 그들은 자신들이 본 것이 실지인지 환각인지조차 확신을 할 수 없었다.

그리고 만약 실지였다면 그리고 진무성이 자신들에게 살심을 품었다면 모두 죽었을 것이 분명했다.

하지만 진무성의 손은 물론, 어디에도 창이 보이지 않았다. 다른 무기도 아니고 창을 보이지 않게 가지고 다닌다는 것은 불가능하다고 할 수 있었다.

[너희들 느낀 거냐?]

[예, 저도 환영인지 실제인지 분간이 안 될 정도로 빠른 창을 본 것 같습니다.]

제갈장백의 전음에 제갈장청과 제갈장백이 동시에 답했다. 그들이 추정한 진무성의 무공이 잘못됐음을 직감한 그들이었다.

"지금 혈사련에서 진 소협을 쫓고 있는 것은 알고 계십니까?"

제갈장산의 말에 진무성은 심드렁한 말투로 답했다.

"그렇습니까?"

"모르고 계셨다는 것입니까?"

"혈사련은 제 계획에 없습니다. 잘 알지도 못하고요. 하지만 혈사련이 나쁜 놈들이라는 말은 들었으니 귀찮게 하면 제거할 생각입니다."

가주인 제갈장벽조차 어안이 벙벙한 표정으로 반문했다.

"진 소협, 지금 혈사련을 제거한다고 했나?"

"혈사련뿐 아니라 나쁜 짓을 하는 놈들은 모두 용서치 않을 생각입니다."

"지금 혼자서 그게 가능하다고 생각하시는 거요?"

"제갈세가에서 아까한 약속만 지켜 주신다면 양민을 괴롭히는 나쁜 놈들은 제가 알아서 제거할 것입니다."

제갈장백이 고심하듯 잠시 말을 멈추자 제갈장산이 급

히 전음을 보냈다.

[가주님, 무림맹에서 광혈문을 멸문시킨 흉수에 관해 알아내는 것이 있으면 무엇이든 정보를 공유해야 한다고 당부 했습니다. 본가는 무림맹을 속일 수 없습니다.]

군사인 그로서는 어쩔 수 없는 판단이었다.

"본가는 무림맹의 일원으로 다른 곳은 몰라도 무림맹까지 숨길 수는 없네."

"무림맹의 일원이시니 무슨 뜻인지 이해합니다. 하지만 이해와 약속은 다르지요. 그럼 제갈세가와는 친분을 갖기 힘들겠군요. 이제부터 제가 하는 일에 제갈세가가 방해가 된다면 저로서는 죽일 수밖에 없습니다. 제갈세가와 친분을 가질 기회를 놓친 것은 아쉽지만 어쩔 수 없겠지요. 그럼 전 이만 가 보겠습니다."

제갈장백의 말에 진무성은 조금의 미련도 없다는 듯 흔쾌히 말하고는 몸을 일으켰다. 순간 진무성의 몸에서는 엄청난 기가 뿜어져 나왔다.

"으흡!"

셋은 사색이 되어 벌떡 일어섰다.

"진 소협! 본 가주의 말을 곡해한 듯한데, 진 소협과 친분을 맺지 않겠다는 말은 아니네. 다만 시간을 좀 달라는 것이네."

나가려는 진무성을 향해 제갈장백이 급히 말했다. 제갈

장산이나 제갈장청도 더 이상 토를 달 생각조차 하지 못했다.

"그럼 친분을 가지시겠다는 말이십니까?"

"협을 중시하는 정파의 일원으로서 나쁜 놈들을 징치하겠다는 진 소협과 친해지는 것을 어찌 마다하겠소."

"제가 창방을 하고 진무성이라는 이름이 무림에 퍼지면 그땐 더 이상 비밀이 아니겠지요. 가주님께서 저를 받아주시니 정말 감사합니다."

말하는 진무성의 입가에 미소가 살짝 어렸다.

형산파에 더불어 제갈세가까지 자신의 편으로 끌어들였다는 것은 실로 그에게는 큰 힘이 될 것이기 때문이었다.

* * *

제갈세가와 진무성 간의 계약을 끝나고 한 달이 흘렀다.

짧다면 짧은 시간이었지만 천하가 발칵 뒤집힐 사건이 끊이질 않았다.

첫 시작은 호남의 흑도들부터였다. 정체를 알 수 없는 자들이 곳곳에서 흑도들의 씨를 말리기 시작한 것이다.

그리고 한 달이 된 지금 악양의 기녀들은 금값이 되어

있었다. 여인들의 수급이 완전히 막혔기 때문이었다.

[주군, 수상한 흐름이 곳곳에서 나타나고 있습니다.]

주루의 창가에 앉아 있던 진무성은 천뢰신검의 전음을 받자 그럴 줄 알았다는 듯 물었다.

[인신매매를 통해 돈을 벌던 배후의 세력들이 드디어 견디지 못하고 나타나고 있는 것입니다. 싸우지는 마시고 어떤 놈들인지만 알아내십시오.]

[알겠습니다.]

진무성의 입가에는 살소가 살짝 나타났다.

그는 진소추 같은 억울한 죽음은 절대 없게 한다고 결심을 했다. 그리고 조금씩 그 계획을 실현하고 있었다.

무림과는 전혀 상관없는 인신매매 조직만 제거하려는 그의 행동이 무림 전체에 폭풍이 될 것이라고는 마노야의 머리를 가진 진무성도 아직은 예상하지 못하고 있었다.

* * *

"대주님, 이대로 가다가는 큰 질책을 면치 못할 것 같습니다."

광혈문을 멸문시킨 자를 찾아낸다는 명분으로 호남 북쪽으로 올라온 혈사련의 무력대인 혈살대의 대주인 야차귀도는 명에 따라 교두보를 구축하기 위해 동분서주했다.

 그들의 교두보는 결국 흑도파를 통할 수밖에 없었다. 하나, 그들이 점찍은 흑도파들이 누군가에 의해 멸문을 당하고 해체되고 있으니 상황이 다급해지고 있었다.

 "우리 일을 계속 방해하는 놈들의 꼬리는 아직도 잡지 못했느냐?"

 "사파의 짓인지 정파의 짓인지조차 알아내지 못했습니다. 숨어 있다는 그 쥐새끼 같은 암중 세력의 짓이 아닐까요?"

 "그놈들은 절대 아니라는 연락을 받았다."

 "한 가지 의아한 점은 제갈세가에서 전혀 움직이지를 않고 있습니다. 자신의 세력권에서 그렇게 많은 흑도파가 무너지고 죽은 자들이 수십 명이 나왔는데 움직임이 전혀 없다는 것은 매우 이상한 일입니다."

 "제갈세가와 연관이 있는 것은 아니겠지?"

 "그것은 아닐 것입니다."

 [대주 사혈객입니다. 놈들의 단서를 찾았습니다.]

 [어디냐?]

 [구운곡입니다.]

 [모두 그곳으로 간다.]

 진무성과 거대 문파와의 첫 조우는 이렇게 단순하게 시

작되고 있었다.

　　　　　　＊　＊　＊

 "주군, 혈사련을 건드리는 것은 위험 부담이 너무 크지 않을까요?"

 가미산 구운곡.

 산의 크기에 비해 상당히 깊은 계곡으로 독충들이 많아 약초꾼들도 함부로 드나들지 않는 곳이었다.

 벽력신장의 말에 진무성은 그를 보며 물었다.

 "혈사련이 그렇게 위험합니까?"

 "수하들만 이만에 가깝다고 알려져 있습니다. 여간한 문파에 많아야 열 명 남짓 있다는 초절정 고수도 삼십 명 넘게 거느리고 있는 곳이지요. 저희에게는 아직 벅차다고 생각합니다."

 "벅차다는 이유만으로 패악질을 하거나 용서할 수 없는 자들을 그냥 둘 수는 없습니다. 무엇보다 해노의 말대로 그 정도 대단한 전력이라면 그들에게 우리의 존재가 들키는 것은 시간 문제 아니겠습니까?"

 "……그렇긴 합니다."

 "그럼 들키기 전에 먼저 제거해서 오히려 시간을 더 벌 수 있을겁니다. 무엇보다 벽력문의 원수들이 혈사련에도 있다면서요?"

"……있습니다."

벽력신장은 주먹을 꽉 쥐며 답했다.

"어차피 원수들인데 조금 일찍 부딪친다고 해서 나쁠 것은 없다고 봅니다."

뾰롱-!

그때 작은 새소리가 들려왔다.

[그들이 도착한 모양입니다.]

동시에 들려온 벽력신장의 전음에 진무성은 고개를 끄덕이고는 계곡의 중앙에 섰다.

[대사형, 주군 혼자서 괜찮을까요?]

주위에 숨어 있던 천뢰신검이 약간 불안한 듯 전음을 보내자 벽력신권이 걱정 말라는 듯 말했다.

[사형과 사제들은 주군의 실력을 직접 본 적이 없지? 걱정 마. 고작 저 정도 놈들에게 당하실 분이 아니다.]

사실 벽력신권을 제외하면 진무성한테 느껴진 기도 때문에 강할 것이라는 짐작을 할 뿐, 실지 실력을 본 사람은 없었다.

그런 와중에 야차귀도가 이끄는 무력대를 홀로 상대하려는 진무성의 모습이 그들 입장에선 불안할 수밖에 없었다.

진무성의 주위로 삼십여 명의 장한이 떨어졌다.

그리고 곧 흉악한 표정에 기이한 도를 손에 쥔 야차귀도가 두 명의 중년인을 거느리고 그의 앞에 나타났다.

야차귀도는 마치 기다렸다는 듯 중앙에 서 있는 진무성을 보자 검미를 찌푸렸다. 더욱이 그가 보기에 무공도 약해 보였고 나이도 너무 젊었다.

그는 뭔가 이상한 낌새를 눈치챈 듯 주위를 한 번 살피더니 물었다.

"설마 일부러 단서를 흘린 것이었느냐?"

"생김새는 머리가 빈 것처럼 생겼는데 눈치는 아주 빠르군."

"지금 내게 한 말이냐?"

"내게 말을 건 자가 너밖에 없지 않느냐? 역시 머리가 텅텅 비어 있긴 하구나."

"허…… 겁대가리를 상실한 놈이군. 네놈, 흑도파를 계속 없애는 이유가 뭐냐?"

너무나도 어이없는 진무성의 답에 야차귀도는 오히려 화를 내는 걸 까먹을 정도였다.

"내가 건드리는 곳은 인신매매를 하는 흑도파들인데 왜 너희들이 이러는 거지? 혹시 너희도 인신매매조직과 연관이 있는 거냐?"

"인신매매? 너는 본 련이 그런 천한 짓이나 하는 집단인 줄 알고 있느냐?"

"본 련이면 혈사련을 말하나 보지?"

"혈사련이라는 것을 짐작하고 있었다는 말이냐? 그렇다면 네가 어떤 잘못을 하고 있는지도 잘 알겠구나?"

"인신매매를 직접 하지는 않는다 해도 관련이 있다면 내게 죽는다. 지금 말하는 것을 보니 연관이 있는 듯하니 오늘 죽어야겠다."

'저, 저게 뭐야? 설마······.'

말을 끝낸 진무성의 손에 특이하게 생긴 창이 갑자기 나타나자 야차귀도의 표정이 일변했다.

"광혈문을 멸문시킨 놈이 혹시 너였냐?"

"왜? 찾던 자를 찾으니 반갑냐?"

"저놈을 당장 죽여라!"

야차귀도는 인내심이 바닥을 보인 듯 대노하여 소리쳤다. 그리고 그의 명이 떨어지자 포위하고 있던 자들이 진무성을 향해 달려들었다.

휘익-!

진무성은 조화신창을 들더니 빠르게 회전을 시켰다.

"으아악!"

"아아악!"

'이, 이게······.'

야차귀도의 눈이 경악으로 휘둥그래졌다.

진무성에게 달려든 자는 모두 여덟 명, 혈사련의 정예

인 무력 대원답게 초일류급의 무공을 지니고 있었다.

그런 그들이 고작 회전하는 창에 모조리 죽은 것이다.

"모두 쳐라! 너희도 공격해!"

잠시 멈칫했던 대원들은 야차귀도의 총공격명이 떨어지자 다시 공격에 들어갔다.

[대사형, 저, 저게……]

보고 있던 천뢰신검이 떨리는 목소리로 전음을 보냈다. 하지만 놀란 것은 그만이 아니었다. 심지어 어느 정도 진무성의 무공에 대해 안다고 생각했던 벽력신권조차 입을 다물지 못할 정도였다.

'야차귀도라면 나도 승리를 장담할 수 없는 고수이거늘 십 초도 안 되어 전멸이라니…….'

너무 빨리 모두가 전멸하여 싸움이라고 할 것조차 없었다. 마노야와의 전쟁 후, 진무성의 무공은 거의 완벽에 가까워지고 있었다.

진무성조차 순간 놀랄 정도였다. 암흑의 공간에서 펼치던 위력을 현실에서 그대로 재현된 것이다.

진무성의 창이 사라지자 사노는 그의 앞에 나타나더니 부복했다.

이미 충성을 약속했지만 압도적인 무력을 보자, 주군을 넘어 신이 되어 버린 것이었다.

"자, 갑시다."

"저들은 그대로 두고 가실 것입니까?"

"혈사련에게 경고 정도의 의미는 되겠지요."

말을 마친 진무성이 사라지자 그들은 처참하게 죽어 있는 시신들은 한 번 둘러보더니 몸을 날렸다.

진무성이 굳이 이 시점에 혈사련을 건드린 이유가 무엇일까…….

그 역시 그의 계획 중 하나였다.

마노야가 생각한 무림 정복 계획을 차근차근 따라가고 있는 것이었다.

물론 크게 다른 점이 있었다.

그는 무림 정복을 할 생각이 전혀 없었으니 목적이 달랐고, 희생양으로 삼는 조직이 사파에서 정파로 바뀌어져 있다는 점이었다.

* * *

사람의 통행이 거의 없는 구은곡이었지만 혈사련의 무력대 시신이 개방에 의해 발견된 것은 고작 하루 만이었다.

"창입니다. 자웅산에서 발견한 창상과 똑같습니다. 다만 이번에는 전과 달리 베인 상처가 찔린 상처보다 많습니다."

의개의 보고에 호남중부 분타주 추명개의 표정이 굳어졌다.

'야차귀도가 사혈객과 사십 명이 넘는 혈살대와 함께 몰살당했다. 이제 가능한 일인가?'

죽은 자들의 전력이라면 개방의 분타 하나 정도는 가볍게 전멸시킬 수 있었다.

"범인은 몇 명이나 되는 것 같으냐?"

"한 명입니다. 아무리 다르게 판단해도 두 명은 절대 넘지 않을 것 같습니다. 그것보다 더 놀라운 것이 있습니다."

"뭔가?"

"시신들에서 흘린 피의 마른 정도로 보아, 거의 동시에 죽은 듯합니다."

"동시? 설마 이 많은 수가 동시에 죽었다는 것이냐?"

"이 정도라면 반각도 채 안 걸렸습니다."

추명개의 표정은 점점 굳어졌다. 정체를 알 수 없는 고수가 여러 곳에서 혈겁을 일으켰음에도 개방의 정보망에 전혀 감지되지 않는다는 것은 실로 놀라운 일이 아닐 수 없었다.

'사람인 이상 최소한 먹어야 할 것인데…….'

개방이 사람을 추적할 때 가장 집중적으로 감시를 하는 곳이 주루와 음식물을 파는 상회였다. 하지만 어디에서도 창을 든 자는 발견할 수 없었다.

"분타주님, 조립을 할 수 있는 창을 가지고 다니는 것이 아닐까요?"

"그것까지 염두에 두고 수색을 한 것이 아니더냐?"

분타의 천강대장인 아성개의 말에 추명개는 고개를 흔들며 말했다.

그의 말대로 봉이나 창 같이 긴 무기를 세 개나 네 개로 나누어 가지고 다니는 자들도 있긴 했다. 하나, 그런다 해도 부피가 있기 때문에 개방의 눈을 숨길 수는 없었다.

더구나, 이 정도의 고수라면 어딜 가도 눈에 띌 수밖에 없었다.

잠시 생각하던 추명개는 아성개를 보며 물었다.

"대장."

"예!"

"이곳에 시신이 있다고 전한 자가 누구라고?"

"약초꾼이었습니다."

"그러니까 그 약초꾼이 누구냐고 묻는 거다."

"그것까지는…… 최초에 들은 방도가 함께 여기에 있으니 곧 알아보겠습니다."

아성개는 처음 이곳을 발견한 제자에게 급히 달려갔다. 그리고 곧 곤혹스러운 표정으로 돌아왔다.

"알아봤느냐?"

"약초꾼이란 사실 외에는 아는 것이 없다고 합니다."

"그럼 누군지도 모르는 자의 말만 듣고 이곳까지 왔다는 거냐? 도대체 제자들 교육을 어떻게 시킨거냐?"

"약초꾼이 도를 가지고 왔는데 보통 물건이 아니라서 와 보았다고 합니다. 그런데 약초꾼은 언제 사라졌는지 기억이 안 난다고 합니다."

"아성개."

"예!"

"당장 약초꾼의 용모파기를 그리고 당장 찾으라고 해라."

"예!"

개방의 제자들의 움직임이 바빠지고 있었다.

* * *

야차귀도가 이끌던 혈사련 무력대의 전멸은 광혈문의 멸문 이상의 충격을 무림을 강타했다.

협력 세력인 광혈문과 달리 무력대의 전멸은 혈사련을 직접 공격한 것이나 마찬가지였기 때문이었다.

"가주 형님, 이번 일은 도가 넘었습니다. 잘못하면 본가가 혈사련과 척을 질 수도 있습니다."

제갈세가의 가주 집무실에 모인 제갈장청과 제갈장산은 심각한 표정이었다.

"진무성의 짓이라는 증거는 없다."

"그의 짓이라는 사실을 저희는 알고 있습니다. 증거가 없다는 말로 그냥 넘길 수는 없습니다."

"장산아."

"예."

"도대체 무엇을 두려워하는 것이냐?"

이유가 무엇이건 구은곡은 제갈세가의 세력권 안에 있는 지역이었다. 혈사련에서 제갈세가에 직접적으로 책임을 묻지는 못하겠지만 상당히 귀찮게 할 수는 있는 사안이었다.

그리고 그것은 그들과 전쟁으로 이어질 수도 있음을 제갈장산은 두려워하고 있는 것이었다.

"진무성의 정체입니다. 친분을 맺기는 했지만 여전히 그의 정체는 의문입니다. 제가 아는 모든 정보망을 이용해 은밀히 알아보았지만 그런 이름은 어디에도 없었습니다."

"그래서 어찌하기를 바라느냐?"

"다른 사람들에게는 비밀로 해야겠지만 장우 형님께는 말해도 되는 것이 아니겠습니다. 형님은 제갈세가 사람입니다."

그는 지금 무림맹의 군사인 제갈장우에게는 말해야 한다 말하고 있었다.

"장우에게 말하면 무림맹에 말한 것이나 마찬가지라는 것을 어찌 몰라!"

"가주형님께서 가주의 명이라고 하면 장우 형님께서도 비밀을 지켜 주실 것입니다."

제갈장산은 제갈세가 최고의 지자였던 제갈장우의 의견을 듣고 싶었다. 그라면 진무성의 정체를 알아낼 수도 있다는 것이 그의 판단이었다.

"장청 네 생각은 어떠냐?"

"제가 느낀 바를 솔직히 말씀드려도 되겠습니까?"

"당연하다."

"전 그와의 약속을 그냥 지켜 나가는 것이 본가의 안전에 도움이 된다고 생각합니다."

"이유는?"

"개방의 보고서를 본다면 오히려 그의 무공이 얼마나 높은지 알 수 있습니다. 그런 고수가 본가에 위험이 닥쳤을 때 가장 먼저 달려와 도움을 줄 것이라고 약속했습니다. 저는 본가에 손해 날 것이 없다고 봅니다."

고개를 끄덕인 제갈장백은 제갈장산을 보며 말했다.

"나도 장청이와 같은 의견이다. 너는 군사로서 진무성의 비밀을 지켜 주는 선에서 대비책을 세우도록 하거라."

제갈세가가 진무성과의 약속을 지키기로 결정한 것은 대단히 현명한 판단이었지만 아직은 알 수 없었다.

　　　　　＊　＊　＊

[주군, 완전 난리가 났습니다.]

구은곡을 떠난 진무성이 삼 일 후, 모습을 드러낸 곳은 장사와 악양의 사이에 있는 현우산 기슭에 있는 작은 현이었다.

[혈사련이 대단하긴 하군요. 이십 곳이 넘는 흑도파를 없애도 조용하던 무림이 혈사련을 죽였다고 난리가 나니 말입니다.]

[정파에서는 혈사련이 이번 사건을 기화로 그들의 세력권으로 세력을 뻗는 것을 두려워하는 것이지요.]

[정파에는 무림맹이라는 혈사련의 전력을 능가하는 조직이 있는데 왜 그것을 두려워하지요?]

[무림맹은 전쟁이 일어나는 것을 최대한 피하려는 것입니다.]

[단지 그 이유라면 생각만 바뀌게 하면 되겠군요.]

[주군, 정말 전쟁을 일으키실 계획이십니까?]

[난 그럴 생각이 없습니다. 하지만 내 일을 방해한다면 어쩔 수 없겠지요. 다 이곳으로 모이게 하셨지요?]

[예! 곧 도착할 것입니다.]

고개를 끄덕인 진무성은 잠시 생각에 잠겼다. 계획에 약간의 변화가 생겼기 때문이었다.

* * *

"가주님, 급보로 온 것입니다."

사공무경은 조규환이 건넨 쪽지를 펼쳤다.

"야차괴도가 이끄는 혈사련의 무력대가 전멸했다라……? 언제 일어난 일이냐?"

"삼 일 전입니다."

"삼 일 전이라…… 정말 재미있군."

"개방에서는 광혈문을 멸문시킨 놈과 자웅산에서 본가의 일을 방해한 놈이 이놈과 동일인이라고 판단했다고 합니다."

혈사련의 무력대를 전멸시켰다면 무림에 대단한 영향을 끼칠 사건이었다.

사공무경은 물론 술사들이 모여 있는 천성실조차 그 정도의 사건을 놓친 적이 없었다. 그런데 이렇게 조금도 감지를 못했다는 것은 사공무경이 찾는 자가 그일 확률이 대단히 높았다.

"허굉에게 연락해라. 모든 추적을 멈추고 창을 쓴다는

놈을 찾는데만 집중하라고 해라."

"알겠습니다."

"또 다른 보고는 없느냐?"

"황도에서 새로운 소식이 들어왔습니다."

조규환은 공손히 보고서 하나를 바쳤다.

"또 다른 것 있으면 다 줘라."

"오늘은 그것이 다입니다."

사공무경은 보고서를 펼쳤다.

보고서는 상당히 두꺼웠다. 재화상단이 황도에 들어간 후, 고윤이 행방불명될 때까지 황도에서 일어난 모든 일들이 세세히 적혀 있었기 때문이었다.

"제법 상세히 알아냈구나?"

"본가의 정보망은 물론 협력 세력까지 모두 동원했습니다."

대무신가의 정보망은 실로 상상을 초월해서 보고서에는 정말 세세하고 소홀한 것까지 빠짐없이 적혀 있었다.

사공무경은 보고서에 나오는 인물들의 움직임을 보며 하나씩 분석하기 시작했다.

천기에 나타나는 자들은 어차피 그의 이목에서 벗어날 수 없었다.

그리고 천기에 나타나지 않는 자들은 굳이 알 필요도 없는 자들이었다.

천천히 보고서를 읽어 나가던 사공무경의 눈에 처음 걸린 이름이 양기율이었다.

양기율은 천기에 나타나기는 하지만 그의 이목을 끌 정도의 인물은 아니었다.

"양기율…… 이자가 황도에 돌아온 이후부터 변화가 생겼단 말이지…… 거기다 원래대로 라면 곧 숙청을 당해야 하는데 고윤이 사라지면서 멀쩡하게 자리를 지키고 있단 말이야."

"천성실에서도 그의 변화가 도드라져서 주시했지만 그의 무공이 너무 낮고 여전히 황도에 머물고 있기에 가주님께서 찾는 자는 아니라고 판단했다고 합니다."

"사마태중, 엄귀환, 왕정……."

죽 이름을 읽어 가던 사공무경이 한 이름에 시선이 멈췄다.

"고윤…… 도대체 고윤은 어디로 갔을까?"

이미 천기상에서 그는 죽은 것으로 나타나고 있었다. 하지만 사공무경에게는 그것이 계속 거슬리고 있었다.

왜냐하면 그의 예측이 틀리는 경우가 종종 있기는 했지만 고윤처럼 완전히 틀린 경우는 처음이었기 때문이었다.

사공무경의 중얼거림을 들은 조규환이 부언을 했다.

"천성실에서 고윤에 대해 예언했던 모든 자료를 다시

분석을 했지만 고윤에게 무슨 일이 일어났는지 전혀 알 수가 없다고 합니다. 심지어 죽었다면 시신이라도 나와야 하는데 그것도 나타나지 않았습니다."

"고윤은 죽었다. 아마도 내가 찾는 놈의 짓일 확률이 높다."

"하지만 당시 고윤을 죽일 만한 자가 황도에 있었다는 흔적이 전혀 없었습니다."

"그렇게 쉽게 찾을 수 있는 놈이라면 내 눈을 피할 수 없었을 것이다."

사공무경은 다음 장을 넘겼다. 그리고 곧 검미를 찌푸렸다.

지금까지 동창과 구문제독부 같은 황도 내의 세력에 속한 자들에 대한 보고라면 다음 장부터는 당시 황도에 나타난 외부 세력에 대한 보고였다.

"재화상단을 공격한 자들이 혈사련이 아니면 암흑 무림일 것이다?"

"당시 그들이 은밀히 움직이는 것을 확인한 본가의 제자들이 있었습니다."

사공무경의 얼굴이 일그러졌다. 자신이 잡아 내지 못한 것들이 예상 외로 많았다는 것을 알았기 때문이었다.

그 사실은 매우 중요했다.

그가 찾는 자만이 아니라 다른 것들도 그의 예측과 예

언이 맞지 않는다면 그의 계획 전체를 수정해야 했기 때문이었다.

'이놈이 누구이기에 천기 전체를 흔들어 놓는다는 말인가······.'

"조 장로."

"예, 가주님!"

"천기에 나타나지 않는 자들도 조사 범위에 넣어라."

"그렇게 되면 범위가 너무 넓어집니다."

"창을 쓴다는 놈이 내가 찾는 놈이라면 다행이지만 아닐 경우도 생각해야 한다. 시간이 걸리더라도 조사해라."

"존명!"

사공무경 보고서를 손에서 놓자, 조규환이 조심스럽게 입을 열었다.

"그리고 가주님, 혈사련과 천존마성에서 금자 만 냥씩 보내 왔습니다. 향후 미래를 알고 싶다고 합니다."

"아마 점점 많은 문파에서 연락이 올 게다. 우리도 지금 돈이 가장 많이 필요한 시기이니 다 받아들이도록 해라."

"알겠습니다."

조규환이 나가자 사공무경은 한 곳을 잡아당겼다.

그러자 천장이 천천히 열리기 시작했다.

한 달에 두 번 이상 천기를 본 적이 거의 없던 그였지만 근래에는 거의 매일 천기를 살펴보는 그였다.

그만큼 지금 벌어지는 상황에 당황하고 있다는 방증이었다.

* * *

"이렇게 직접 오시게 해서 죄송합니다."

주루의 한 방, 거나하게 처려진 술상 앞에 앉은 진무성에게 공손히 허리를 숙인 예설평이 서 있었다.

"예 총관님이 움직이는 것보다는 제가 움직이는 것이 더 낫습니다."

"아가씨께서 대인께 전하라는 것이 있었습니다."

예설평이 봉서와 종이 한 장을 건넸다.

"이건 뭡니까?"

"아가씨께서 제게 진 대인을 위해 준비하라고 시키신 일의 목록입니다. 봉서는 아가씨께서 대인께 사적으로 보내신 서찰인 것 같습니다."

사적으로 보냈다는 말에 진무성은 기쁜 미소를 지으며 봉서를 품 안에 넣고는 종이를 펼쳤다.

"이게 제게 넘기라고 한 것입니까?"

"예."

"솔직히 좀 과한 것 같군요."

"그것에 대해서는 제가 드릴 말이 없습니다. 직접 만나시면 말씀하십시오."

"준비되었다는 자들은 모두 몇 명입니까?"

"일류 고수급이 약 백여 명이고 이류급이 약 이백여 명 됩니다. 무력으로는 큰 도움이 안 되실 수도 있지만 대인의 손과 발이 되어 여러 가지 소소한 일들을 처리하는 데에는 도움이 될 것입니다."

"도움 정도가 아닐 것 같군요."

"그리고 아가씨의 당부 말씀이 있었습니다."

"말씀하십시오."

"오늘부터 약 한 달간 대인의 운세에 불길한 조짐이 있으시답니다. 그래서 한 달 간 활동을 멈추셨으면 하십니다."

다른 사람이 이런 말을 했다면 콧방귀도 뀌지 않을 그였지만 설화영의 말은 맞건 틀리건 들어 주고 싶은 그였다.

"그렇게 하겠습니다."

"그럼 전 이만 가 보겠습니다."

예설평이 나가자 진무성은 기쁜 마음으로 봉서를 꺼냈다. 사실 그는 그것이 가장 읽고 싶었다.

* * *

인적이 드문 산속의 폐장원.

여덟 명의 무림인들이 은밀하게 장원 안으로 들어갔다.

장원 안 전각에 들어선 그들은 흠칫 놀란 표정을 지었다. 겉은 분명 폐가였는데 안에 들어서자 아주 깨끗했기 때문이었다.

그러나 놀란 이유는 따로 있었다.

복도의 양 옆을 따라 무인들이 도열해 있었기 때문이었다.

그들은 무림인들을 보자 모두 허리를 굽히며 소리쳤다.

"장로님들께 인사드립니다!"

나타난 무림인들은 사노와 그의 친구들이었다.

진무성은 설화영의 말에 따라 한 달간 활동을 멈추면서 사노에게 고수가 더 필요하다는 말을 했다.

그러자 그들은 끌어들일 친구가 있다며 떠났다.

사노에게는 목숨까지 바칠 수 있을 정도로 친한 친우들이 있었기 때문이었다.

물론 친하다고 하여 방파에 들어가는 문제는 전혀 다르기에 설득이 쉽지는 않았다. 더구나 대부분 산전수전 다 겪은 백전노장들이다 보니 더 어려웠지만 계속 옆에 붙어 설득한 덕에 데려올 수 있었다.

그런데 이곳에 있는 자들은 누구란 말인가……

"너희들은 누구냐?"

"천의문의 문도입니다. 문주님께서 기다리고 계십니다."

"천의문(天意門)?"

벽력신장이 의아한 표정을 짓자 기다렸다는 듯 그의 귀에 진무성의 전음이 들려왔다.

[사노는 그냥 들어오세요.]

복도의 끝에는 상당히 큰 청이 있었다.

"어서 오세요."

사노는 진무성을 보자 그 앞에 부복을 했다.

"사노, 주군께 인사드립니다."

"일어나세요."

진무성이 손을 살짝 들자 그들의 몸이 그대로 펴졌다. 그리고 그 모습을 본 네 명의 친구들의 눈이 휘둥그래졌다.

약간은 당황한 사노의 모습으로 보아 직접 움직인 것으로 보이지 않았기 때문이다.

내공으로 사노 중 한 명만 일으키는 것도 그들로서는 불가능했다. 그런데 네 명 전부를 그것도 가벼운 손짓만으로 일으켰다는 것은 그들에게는 미증유(未曾有) 일이었다.

"주군, 이곳은 어디입니까?"

이곳에 오는 동안 사노는 궁금한 것이 많았다.

그들에게 은밀하게 이곳으로 가라는 연락을 준 자들이 있었다. 그것은 상당한 정보망을 구축한 큰 문파에서나 가능한 일이었다.

"제가 아는 분이 제게 준 선물입니다."

"선물이요?"

"그 얘기는 다음에 하고 오신 분들과 인사부터 하지요. 전 진무성이라고 합니다."

진무성이 포권을 하자 벽력신장이 급히 소개를 시작했다.

"주군, 이 친구는 무쌍철검이라 불리는 성호용입니다. 저와는 삼십 년 지기입니다."

소개를 받은 무쌍철검은 벽력신장이 그의 허리를 툭 치자 급히 엎드리며 소리쳤다.

"성호용, 주군으로 받들 것을 맹세합니다."

무쌍철검의 모습을 지그시 주시하던 진무성은 미소를 지으며 손을 들었다.

"일어나세요."

성호용은 한 번 버텨 볼 생각인지 내공을 올렸다. 하지만 그의 내공은 전혀 작용을 못했다. 그의 몸이 그대로 펴지며 섰기 때문이었다.

그는 감복한 표정으로 허리를 숙였다.

"백리추종 오철석입니다. 다른 것은 몰라도 남을 추적하고 미행하는 데는 누구에게도 밀리지 않는다고 자부하는 친구입니다."

벽력신권의 소개가 끝나자 백리추종 역시 부복을 했다. 오기 전에 이미 그렇게 하라고 교육을 받은 듯했다.

이어 소개된 노인은 백초의은 송유창으로 천하제일 신의라는 말까지는 못 들었지만 사방에서 쉽게 구할 수 있는 약초로 구급약을 만드는 것만은 아주 탁월한 재주를 가지고 있었다.

마지막은 복마철장 대태형이었다.

소개와 부복 그리고 충성 맹세, 진무성에 대한 감탄으로 이어지는 똑같은 순서를 거친 그들은 모두 자리에 앉았다.

"주군, 밖에 있는 자들은 누구입니까?"

"이제부터 본 문의 제자들이 될 자들입니다."

"아니, 어떻게 겨우 한 달 만에 저렇게 많이 모으신겁니까?"

사노가 겨우 네 명을 데리고 왔는데 진무성은 최소한 수십 명은 모아 온 것이니 놀라지 않을 수 없었다.

"제가 무슨 재주로 그렇게 모으겠습니까? 제가 아는 분이 저를 위해 준비한 세력이라며 보내 주었더군요. 절대로 믿을 만한 사람이니 여러분들께서 끌어 주셔야 할 것입니다."

"기흥삼우는 아직 안 왔습니까?"

"기흥삼우는 제가 시킨 일이 있습니다."

"주군, 그런데 천의문이라고 하던데 이름을 정하신 것입니까?"

"제가 아는 분에게 부탁을 했더니 지어 주셨습니다. 하늘의 뜻을 받들라는 의미라고 하더군요. 저도 마음에 들더군요."

당연히 아는 분은 설화영이었다.

"그럼 이제 개문(開門)을 했으면 조직도 정비해야 하지 않겠습니까?"

"아무래도 여기에 계신 분들이 본 문의 주축이시니 일선에 좀 나서 주셔야겠습니다. 문도들이 더 모집이 되면 그때 좀 더 세분해서 조직을 정비할 생각입니다."

"충성을 다해 주군을 보필할 것입니다!"

설화영의 조언에 따라 한 달간 활동을 멈추기는 했지만 진무성에게는 예상외로 많은 도움이 되었다.

그를 혼란스럽게 만들던 많은 계획을 분석하면서 향후 계획도 새롭게 정비할 수 있었다.

'이제 천의문이 정식으로 나서는 순간 천하가 발칵 뒤집어질 거야.'

중얼거리는 진무성의 입가에는 의미 모를 미소가 그려

지고 있었다.

* * *

"야차귀도가 왜 구은곡에 갔는지는 아직도 알아내지 못했느냐?"

"당시 아무 연락도 남기지 않고 수하들을 모두 끌고 가셨습니다."

"도대체 사건이 벌어진 지 한 달이 넘었는데 아직도 그놈의 흔적도 못 찾는다는 것이 말이 되느냐!"

소리치는 혈살단주 혈궁귀살의 눈에는 핏발이 서려 있었다.

혈살대 대주였던 야차귀도는 그의 최심복으로 그의 오른팔이라고 할 수 있었다.

그의 죽음은 그에게는 충격과 분노를 동시에 안겨주었다.

"그놈도 한 달 내내 모습을 드러내지 않고 있습니다. 혹시 대주님께 크게 상처를 입거나 죽은 것은 아닐까요?"

"당시 상황을 보면 그놈은 절대 다치지 않았다. 분명 어딘가 숨어있을 것이다. 반드시 찾아라."

"제갈세가의 세력권이고 개방 역시 광범위하게 조사하

고 있는 중이라 저희들이 추적하는 데 어려움이 많습니다. 무엇보다 추적 인원이 너무 적습니다."

혈궁귀살도 인정하는 듯 고개를 끄덕이며 말했다.

"지존께서 잠혈단을 투입하시겠다고 하셨다. 곧 그들이 도착할 것이다. 큰 도움이 될 게다."

혈사련의 잠혈단은 추적에 관해 개방의 추적개와 더불어 천하 최고로 불리는 추적대였다

"그럼 잠혈단이 도착할 때까지 최대한 많은 단서를 확보해 놓겠습니다."

"그만 나가 봐라."

"예!"

수하가 나가자 혈궁귀살은 호남성 지도를 폈다.

거기에는 선이 그려져 있었다.

살형방에서 시작된 혈겁은 광혈문을 거쳐 자웅산으로 이어졌다. 그리고 마지막이 야차귀도가 죽은 구은곡이었다.

창을 사용하는 자가 벌인 일로 의심되는 정황이 있는 사건이 몇 군데 더 있기는 했지만 소소한 것은 뺐다. 그렇게 그려진 동선은 그를 더욱 혼란스럽게 만들기에 충분했다.

혈겁을 일으키는 자들은 동선에 뚜렷한 목적이 보이는 경우가 대부분이었다. 하지만 진무성의 동선은 도저히

목적을 알 수가 없었다.

거기다 갑자기 한 달 넘게 모습을 보이지 않고 있었다.

탕!

혈궁귀살은 탁자를 강하게 손으로 내리쳤다.

"내 목숨을 걸고라도 네놈만은 반드시 찾아 찢어 죽일 것이다."

단단한 나무탁자가 부숴지지 않고 뚜렷하게 장의 모양으로 구멍이 난 것으로 보아 그의 무공이 범상치 않음을 알 수 있었다.

* * *

벽력신장은 벽력문의 대사형으로 문파의 조직에 대해 상당히 많이 알고 있었다. 그 덕에 천의문의 조직 구성은 순조롭게 이뤄졌다.

진무성의 앞에는 여덟 명의 장로 겸 당주들과 십 여 명의 영주들이 앉아 있었다. 영주들은 설화영이 은밀하게 만든 비밀 조직의 일원으로 천의문으로 소속을 옮긴 자들이었다.

기흥삼우에게는 외당 소속 외부 영주의 지위가 내려졌다.

그의 임무는 그가 아는 낭인들을 규합해 정보를 수집하

는 역할이었다.

 조직 정비가 끝난 후 첫 간부회 의가 열렸다.

 "송노 덕에 제가 아주 편해졌습니다. 수고하셨습니다."

 "영주들이 더 고생을 했습니다."

 "천의문이라는 이름은 정했지만 아직 정식 개파를 한 것이 아닙니다. 이제부터 여러분은 천의문의 전력을 늘리는 데만 전력을 다해 주십시오."

 진무성은 그러면서 두툼한 봉투를 벽력신장에게 넘겼다. 엄청난 금액의 전표였다.

 문파를 개파할 때도 많은 돈이 들지만, 유지에는 더 큰 돈이 든다. 그리고 더 큰 돈이 드는 시기는 전력을 확대할 때였다.

 전표는 진무성이 잠시 활동을 중단했을 때, 찾아온 설화영이 전해 준 것이었다. 상상도 못 했던 거액이라 처음에는 거절했지만 둘의 안전을 위해 꼭 필요한 돈이라고 설득을 했다.

 전표를 본 벽력신장을 비롯한 여덟 명의 장로들은 진무성을 놀란 눈으로 쳐다보았다.

 갑자기 하늘에서 떨어진 듯 나타난 젊은 절대 고수, 무공이 높은 것은 놀라운 일이지만 그러려니 한다 쳐도 갑자기 끌고 온 수백 명의 잘 훈련된 문도들에 상상도 하기 어려운 금액을 구해 오는 능력까지 그들에게는 모든 것이 신비로울 뿐이었다.

아마 그가 오십부장 출신의 군인이라는 것을 안다면 더욱 놀랄 것이 분명했다.

"그럼 주군께서는 어떻게 움직이실 예정이십니까?"

"지금 제가 벌이는 일들은 사실 천의가 아니라 저의 사사로운 원한을 풀기 위한 것입니다. 제가 절강에 도착할 때까지 모든 원한을 끝낼 것이니 계획대로 하시면 됩니다."

천의문이 개파를 하기 위한 장소로 진무성은 장로들은 물론 설화영과도 상당한 의견 교환을 했었다.

하지만 현재 개파를 해도 아무 문제 없을 만한 지역은 강소와 절강 그리고 운남 정도였다.

운남은 너무 남쪽에 치우쳐 있기에 일찌감치 탈락했고 강소와 절강만이 남았지만 강소는 주위에 정파가 너무 많다는 이유로 탈락했다.

감숙도 가능은 했지만 그가 근무했던 가욕관이 있어서 피했다.

그래서 정한 곳이 절강이었다.

절강과 맞붙은 복건성이 마도제일 세력인 천존마성의 구역인 것을 감안하면 매우 안 좋은 입지조건일 수도 있었지만 진무성은 싸워도 마도와 싸우는 것이 더 낫다는 판단을 한 것이다.

그리고 이제 본격적으로 천하를 흔들 생각이었다.

마노야의 기억에 따르면 지금 무림인들은 모르지만 마교의 지류들이 사방에서 정체를 숨기고 암약하고 있었다.

진무성은 그들을 없애지 않는다면 양민들의 삶이 절대 편해지지 않을 것이라고 생각했다.

그러나 수백 년을 숨어 지내며 무림을 장악할 기회만 엿보는 그들을 지금 끄집어내는 것은 쉬운 일이 아니었다.

그래서 그는 특단의 조치를 취할 생각이었다. 그리고 지금 그 계획을 실천하기 위한 허락을 기다리고 있는 중이었다.

* * *

진무성이 황도를 떠난 지 어느덧 석 달이 다 되어 가고 있었다.

고윤의 행방불명으로 황도에는 뜻하지 않았던 평화가 도래하고 있었다.

권력 다툼의 시발점이 언제나 동창이었는데 지금 내분을 일으키며 그들끼리 권력 다툼을 벌이고 있었기 때문이었다.

고윤의 압박에서 벗어난 구문제독부는 기회를 놓치지 않고 주도권을 쥐기 위해 금의위를 자신의 편으로 끌어들이기 위해 총력을 다하고 있었다. 물론 야전군 출신들이 장악하고 있는 구문제독부와는 달리 정치적인 이유로 만들어진 금의위는 태생적으로 섞이기 어려워 애를 먹을 수밖에 없었다.

어느 정도 친정이 가능해진 황제도 고윤이 사라지자 황태자에게 많이 의지하면서 구문제독부의 힘이 점점 강해지고 있음은 분명했다.

황궁 경비대 대장 집무실.

양기율은 특이하게 생긴 비문이 그려진 쪽지 하나를 보며 고심 중이었다.

진무성이 설화영을 통해 그에게 보낸 밀지였다.

'이게 얼마나 큰 문제를 불러올지 모른단 말인가……?'

양기율은 진무성이 황도에서 쫓겨난 그날부터 다시 불러들일 방법만을 생각하고 있었다.

하지만 진무성이 다시 돌아오면 그것을 기회로 동창의 공격이 다시 시작될 수 있다는 다른 장군들의 반대로 아직은 엄두도 못 내고 있는 상황이었다.

그런데 진무성이 예상치 못한 부탁을 그에게 해 온 것이었다.

여간한 부탁은 무조건 들어주고 싶었지만 이번 부탁은

그로서도 함부로 결정하기가 너무 어려운 부탁이었다.

결단력 하나는 어느 누구보다도 빠른 그가 밀지를 받은 것이 벌써 일주일이 다 되어 감에도 주저하고 있다는 것은 그 부탁이 얼마나 어려운 것인지 알 수 있었다.

하지만 더 이상 시간을 끌 수도 없었다.

'그래! 내가 무성이 아 아이를 믿지 못한다면 누가 믿겠는가……'

드디어 결정을 내린 듯 입술을 잘근 씹은 양기율율은 부관을 불렀다.

"강 부장!"

"예! 장군님."

그의 부름에 백부장 강응모가 후다닥 들어왔다.

"깃발을 올리도록 해라."

"알겠습니다!"

강응모는 이미 준비를 하고 있었던 듯 대답을 하고는 곧장 밖으로 나갔다.

허락의 신호는 경비대 정문에 호천(護天)이라 쓰인 하얀 깃발을 삼일 간 올리는 것이었다.

황궁 경비대이니 천자인 황제를 보호한다는 의미인 호천을 올리는 것은 전혀 이상할 바는 없었다.

'휴우~ 이 허락으로 너와는 다시 못 보게 되는 것은 아닌지 불안하구나……'

양기율은 짧은 내용의 밀지였지만, 진무성이 다른 세상 사람이 되어가고 있다는 느낌을 강하게 받은 듯 탄식의 한숨을 내쉬었다.

  * * *

"가주님! 군사부에서 뭔가 특이한 사건을 발견했다는 보고입니다."

조규환의 보고에 사공무경은 직감적으로 중요한 것임을 느꼈다.

"들어오라 해라."

"정운, 가주님을 뵙사옵니다."

수석군사 정운이 공손히 인사를 하자 사공무경은 귀찮다는 듯 말했다.

"발견했다는 것이 무엇인지나 말해 봐라."

"팽가와 개방이 만난 후, 밀서를 무림맹으로 보낸 일이 있었습니다. 그때, 장백이 그 밀서를 탈취하도록 수하를 보냈는데 모두 전멸한 사건이 있었습니다. 그때 죽은 자들이 창에 의해 죽었다고 합니다."

"그 일이 일어난 것이 언제냐?"

"석 달 전 하남입니다."

"석 달 전 하남이면…… 고윤이 사라진 시간과 얼추 비숫하구나?"

"예, 거기다 남궁세가의 남궁의표를 죽이기 위해 출동한 천룡단의 비익대가 장강에서 전멸한 사건이 있었습니다. 어떻게 죽었는지는 알아내지 못했지만 하남에서 장강으로 이어지는 동선이 시간상 일치합니다."

"그리고 한 달 후, 살형방과 광혈문이 멸문했다. 장강에서 계속 배를 탔다면 장사에서 내렸을 것이고 거기서 살형방이 있는 곳까지는 일주일 거리이니 그것도 시간이 일치한다."

"한 가지 더 있습니다. 당시 동창에서 군산의 무황도 근처에 갔다가 무림맹 경비대에 걸린 적이 있었다고 합니다. 동창에서 무황도에 가는 일은 금기사항입니다. 거기다 동창은 경비대에게 풀려난 후 군산을 뱅뱅 돌고는 동정호까지 갔다가 다시 황도로 돌아갔다고 합니다."

"누군가를 추격했다고 봐야겠구나?"

"군사부에서도 그렇게 판단했습니다."

"장백에게 연락해서 가주의 명이니 당시 동창이 추격한 자가 누구였는지 지급으로 알아내라고 해라."

"존명!"

사공무경은 드디어 확실한 단서가 나타나기 시작했다는 것을 직감했다.

* * *

 모두가 떠나고 홀가분해진 진무성은 다시 인신매매 조직의 추적에 들어갔다.
 그것은 또 다시 흑도파들의 몰락을 의미하는 것이었다. 곳곳에서 수십 명의 사람들이 죽어 나갔지만 양민들은 오히려 찬양을 하고 있었다.
 양민들을 괴롭히고 상인들에게 보호비를 뜯어내고 염왕채를 놓고 도박장을 이용해 수많은 사람들을 패가망신하게 만드는 흑도들은 양민들에게 백해무익한 악마일 뿐이기 때문이었다.
 계속 북진을 하던 진무성은 화려함이 극치를 이루는 지역의 주루에 앉아 있었다.
 악양에서도 가장 유명한 주루인 극미루였다.
 요리 한 접시의 값이 양민들 한 달치 생활비보다 더 비싸다고 소문난 곳이었다.
 진무성이 이곳에 온 것은 주인인 양홍을 만나기 위해서였다.
 양홍은 극미루말고도 여러 개의 기루를 가지고 있는 악양에서는 유명한 부자였다. 하지만 그를 본 사람이 없었다.
 심지어 설화영의 정보망에서도 찾아내지 못하고 있었다.

설화영의 능력으로도 그를 찾지 못했다는 것은 양홍이 실존하는 사람이 아니거나 설화영의 능력이 통하지 않는 사람이라는 것이었다.

설화영의 능력이 통하지 않는 사람은 대무신가의 사람밖에 없었다.

'영 매를 쫓는다는 조직에 속한 놈이라면 좋겠군……'

사공무경은 진무성을 쫓고 진무성은 사공무경을 찾는 상황…….

하지만 둘은 서로가 쫓고 있다는 것을 아직 모르고 있었다.

7장

"물건들은 잘 보호하고 있느냐?"

"예, 상처 하나 없도록 아주 섬세하게 보호하고 있습니다. 그런데 총수님."

"뭐냐?"

"다음 시장을 여는 것은 좀 어려워질 수도 있을 것 같습니다. 곳곳에서 물건들 조달에 문제가 생기고 있습니다."

중년인의 보고를 받던 노인의 얼굴이 매우 불만스럽다는 듯이 구겨졌다.

"나도 안다. 도대체 흑도파들을 없애고 다니는 놈을 아직도 누군지 알아내지 못했다는 것이 말이 되느냐?"

"지금 흉수를 찾기 위해 전 조직이 가동되었으니 곧 소식이 있을 겁니다."

"이번 문제가 된 곳들은 대부분 호남이다. 그렇다면 혈사련이 알아서 나서 줘야 하지 않겠느냐?"

"광혈문 사건에 혈살대 몰살까지 혈사련도 정신이 없는 것 같았습니다."

"지들한테 들어가는 돈이 얼만데! 혈사련도 이것을 그대로 두면 곧 재정 운용에 문제가 생긴다는 것을 모르지는 않을 텐데 모른 척 우리에게 미루려는 생각을 내가 모를 줄 아느냐?"

"그들도 손해가 얼마나 큰지 알게 되면 지금 상황이 발등에 불이 떨어진 거나 마찬가지라는 것을 알게 될 것이니, 조만간 조치가 있을 것이라 생각합니다."

"후…… 그래서 지금 초대를 받은 손님들은 다 들어왔느냐?"

"제가 알아본 바에 의하면 초대장을 받은 분들의 구 할은 악양에 이미 들어와 있습니다."

"장소 공지에 실수가 있으면 안 된다."

"예, 모두 어디에 묵고 있는지 파악하고 있으니 실수는 없을 것입니다."

"이번 거래가 일 년 장사의 이익을 좌우한다는 것을 잊지 말고 준비에 소홀해서는 안 될 것이다. 특히 지금 무림인들의 움직임이 심상치 않으니 비밀이 새어나가지 않도록 더욱더 조심해야 할 것이다."

"그래서 이번에는 장소 공지를 시장이 열리기 두 시진 전에 알릴 생각입니다."

노인은 고개를 끄덕이며 몸을 일으켰다. 하지만 그의 표정은 그리 밝지는 않았다. 이미 약속이 되어 시장을 열기는 했지만, 알 수 없는 뭔가가 그를 계속 찝찝하게 만들고 있었기 때문이었다.

* * *

[주군, 접니다.]

객잔의 방에서 눈을 감은 채, 그동안 모은 정보들을 정리 분석하던 진무성은 기흥삼우의 대형인 주성택의 전음을 받자 눈을 떴다.

[들어와라.]

안으로 들어온 주성택은 넙죽 엎드렸다.

"앉아라."

"예!"

주성택이 자리에 앉자 굳게 닫혀 있던 진무성의 입이 열렸다.

"양홍이라는 자에 대해서는 아직 알아낸 것이 없느냐?"

"악양에서 굉장히 유명한 자인데 신기할 정도로 아는 자가 없습니다."

'영 매 말이 맞는 것 같군.'

진무성은 양홍이라는 자가 인신매매조직의 최상층에 있는 자가 맞다는 생각이 들었다.

"그리고 내가 또 알아보라고 한 것은 어찌 됐느냐?"

"주군 말씀대로 수상한 용역 일을 맡은 낭인들이 여럿 있었습니다. 하루 경비를 맡는 데 은자 한 냥이나 준다고 했답니다."

"하루 은자 한 냥이라면 대단히 중요한 일인가 보군?"

"낭인들에겐 횡재라고 해도 될 정도의 돈입니다. 가장 위험하다는 표국의 표행도 한 달을 해야 은자 다섯 냥 정도입니다. 그런데 하루 경비에 그 돈이면 매우 수상한 일이라고 봐야 합니다."

"언제인지 알아보았느냐?"

"아직 모른다고 합니다. 대기하고 있으면 연락을 준다고 했답니다. 연락이 오면 저희에게 알려 주기로 했습니다."

"그들을 믿을 수 있겠어?"

"저희가 낭인 생활을 정말 오래 했습니다. 그 덕에 천하에 이름 좀 있는 낭인들과 친분이 많았습니다."

원래 기흥삼우는 각자 다른 지역에서 활동하면서 많은 낭인과 친분을 가졌었다.

그렇게 낭인 생활을 하던 중 우연히 만난 셋은 의기투합하여 의형제가 되면서 기흥 지역에 자리를 잡게 되었다.

 셋이 뭉친 후, 서로의 무공을 교환하고 수련까지 같이 하면서 실력이 일취월장한 그들은 기흥삼우라는 명호까지 얻었고 더 이상 낭인이 아닌 무림인으로 불리며 낭인들 사이에서는 영원한 대형이라는 말을 들을 정도로 존경을 받았다.

 낭인에서 명호를 얻은 일류급 무림인이 되는 경우는 매우 희귀하여, 낭인들이 가장 소망하는 일이기 때문이었다.

 무림인이 되었지만 아직도 그들은 낭인들과 많은 소통을 했다.

 "그럼 내가 그 낭인들과 함께 들어갈 수 있게 해 줄 수 있겠어?"

 "당연히 있습니다. 그런데 은자 한 냥은 쓰셔야 합니다."

 "그거야 당연하지."

 그동안 진무성과 많이 친해진 그였다.

* * *

 삼원루는 거대한 연회장이 구비된 악양에서도 드문 큰

기루였다.

 자시가 다 되어 가는 늦은 시각임에도 삼원루는 수많은 손님으로 매우 바빴다.

 '흠! 정말 놀랍군. 이런 식의 모임이면 누구도 알기 어려울 거야.'

 낭인으로 변복한 진무성은 삼원루의 연회장 외곽을 경비하는 임무를 맡았다.

 어찌나 촘촘히 경비를 세웠는지 몰래 침입한다는 것은 애초에 불가능할 정도였다.

 심지어 연회장으로 들어가는 사람들은 기루를 통하기 때문에 연회장을 가는 것인지 기녀들과 놀기 위해 온 것인지 분간하기 어려웠다.

 하나밖에 없는 입구에는 낭인이 아닌 제법 무공이 높은 자들이 지키고 있었는데 초대장이 없이는 출입을 금하고 있었다.

 진무성은 더 이상 입장하는 사람들이 없을 때까지 기다려 보기로 했다.

* * *

 연회장 안의 중앙에는 커다란 연단이 둥그렇게 설치가 되어 있었고 옆에는 안을 볼 수 없는 천으로 지어진 꽤 큰 천막이 세워져 있었다.

연단의 주위로는 연단의 모습이 환하게 보이도록 수십 개가 넘는 횃불이 꽂혀 있었다.

"정 대인 오랜만이오."

"하하하! 하 대인께서도 오셨군요. 오늘 또 경쟁이 만만치 않겠습니다."

연단이 잘 보이도록 배치된 의자에 앉은 화려한 복장의 남자 중 여럿은 이미 안면이 있는 듯 포권을 하며 인사를 나누고 있었다.

연회장의 벽에는 오십 명은 됨직한 무림인들이 둘러싸고 있었는데 바깥과는 달리 하나같이 무공이 대단한 자들이었다.

연회장 전체가 다 보이는 이 층에 흑의를 입고 태양혈이 불룩 튀어나온 노인과 함께 서 있던 노인이 옆에 있는 중년인을 보며 말했다.

"시간이 다 된 것 같으니 입구를 이만 닫아라."

총수라 불리던 노인이었다.

"아직 오지 못한 분들이 이십여 명은 됩니다. 조금만 더 기다리는 것이 어떻겠습니까?"

"지금 상황이 안 좋아. 느낌도 불안하고 최대한 빨리 진행하고 정리한다."

"알겠습니다."

오랜 경험에서 얻은 육감이었지만 이미 늦었다는 것을 그는 몰랐다.

중년인이 어딘가로 손짓을 하자 철로 된 정문이 육중한 소리를 내며 닫히기 시작했다.

* * *

정문이 닫히는 것을 본 진무성의 모습이 스르르 사라졌다. 촘촘하게 짜인 경비망이었지만 진무성이 사라지는 것을 눈치챈 사람은 아무도 없었다.

문까지 닫혀 전혀 들어올 곳이 없는 연회장 안에 순식간에 들어온 진무성은 비어 있는 의자 중 하나에 슬쩍 앉았다.

오십 명이 넘는 자들이 둘러싸고 있었음에도 역시 눈치를 챈 자는 아무도 없었다.

펑!

커다란 북소리가 울리고 장내가 조용해지자 총수라 불린 노인이 난간을 잡고는 커다랗게 외쳤다.

"일 년 만에 뵙습니다. 오늘은 특히 좋은 물건들이 많으니 흡족한 거래가 될 것입니다."

노인의 말이 끝나자 연단 위로 한 중년인이 올라오더니 모두에게 미소를 지으며 말했다.

"이번 거래를 책임진 표도범입니다. 그럼 첫 번 물건의 경매를 시작하겠습니다. 시작은 열 냥입니다. 아시다시피 단위는 금자입니다."

노인의 명에 따라 예전과는 달리 상당히 빠르게 진행이 되고 있었다.

그의 말이 끝나자 천막 안에서 곱게 차린 한 여인 나오더니 연단 중앙에 섰다.

그동안 인신매매와 납치등 여러 수단을 사용해 수집한 여인 중 특별히 아름다운 여인만 따로 모아 부자들에게 파는 경매였던 것이다.

그러자 한 명이 크게 외쳤다.

"스무 냥!"

"스물다섯!"

"삼십!"

점점 경매가 활기를 띠는 것과 비례해 진무성의 얼굴에는 분노가 점점 높아져 갔다.

'사람을 물건 취급을 하고 경매까지 하다니 진짜 죽일 놈들이군!'

"사십, 사십 더 없으면 사십 냥에 오 대인께 낙찰됐습니다."

첫 여인이 낙찰됐다는 소리를 들은 진무성은 더 이상 기다릴 필요가 없다고 판단한 듯 품에서 동전 한 무더기를 쥐었다.

그리고 동전을 가볍게 사방으로 뿌렸다.

핑! 핑! 핑……!

"억!"

"악!"

"아악!"

날카로운 파공음과 함께 주위를 둘러싸고 있던 무림인들이 단말마(斷末魔)를 지르며 쓰러지기 시작했다.

너무 순식간에 일어난 일이라 상황 파악을 못하고 두 번째 여인이 나오는 것만 보고 있던 모두는 이십여 명이 더 죽은 후에야 비명을 지르며 자리에서 일어났다.

그리고 먼저 살겠다는 듯 닫힌 문을 향해 달리기 시작했다.

"꺄아악!"

거래를 주도하던 표도범이 피를 흘리며 쓰러지자 나오던 여인은 비명을 지르며 다시 천막 안으로 뛰어들어갔다.

장내가 아비규환으로 변한 것은 순식간이었다.

감시하던 무림인들도 허둥대기는 마찬가지였다. 계속 동료들이 죽어 나가고 있었건만 범인이 누구인지 알 수가 없으니 공격은커녕 방어조차 어떻게 할지 방법이 없었다.

"정신 차리고, 범인 먼저 찾아라!"

총수란 노인과 함께 있던 노인이 무기를 뽑아 들며 소리쳤지만 그 역시 당장 어찌할 방법을 찾지 못하고 있었다.

장내가 혼란에 빠져 그의 눈으로도 진무성을 특정할 수가 없었기 때문이었다.

"으아악!"

"아악!"

문 앞까지 달려간 손님들도 날아온 동전에 처절한 비명을 지르며 쓰러지고 있었다. 무공을 모르는 그들을 죽이지는 않았지만 동전이 다리를 뚫고 지나가는 고통까지 피할 수는 없었다.

장내는 완전 피바다로 변하고 있었다.

* * *

악양이 발칵 뒤집히는 소식이 퍼져 나갔다.

삼원루에 살수가 나타나 손님과 경비 무사들을 무차별 살육했다는 소문이었다.

악양의 포두들이 모두 삼원루로 몰려들었지만 처참한 살육의 현장에서 그들이 알아낼 수 있는 것은 하나도 없었다.

연회장에 다친 자들이 대부분 부자이거나 권력을 가진 자들인지라 그 안에서 무슨 일이 벌어졌는지 소문을 낼 수도 없었다.

결국 포두들은 돈을 노린 살수가 침입해 많은 사람을 죽였다고 발표를 할 수밖에 없었다.

하지만 양민을 제외한 무림인들은 그 발표를 믿지 않았다.

* * *

"여인들은 전부 내가 말한 곳으로 옮겼나?"

주루에 앉아 난리가 난 악양의 거리를 보고 있던 진무성은 주성택이 앞에 앉자 물었다.

"예! 낭인들이 도움을 주어 쉽게 처리했습니다."

"도와준 낭인들에게는 금자 한 냥씩 주고 멀리 떠나라고 해. 잘못하면 우리 때문에 죽을 수도 있다."

"주군, 문파에는 고수도 필요하지만 허드렛일을 할 문도들도 필요합니다. 원하는 자들이 있다면 본 문의 문도로 받아들이면 어떻겠습니까?"

"원하는 자들이 있다면 받아 주도록 해라. 단 본 문에 대한 것은 이름만 알려 주고 개파할 때까지는 비밀로 해."

"알겠습니다."

"그럼 난 마지막 일을 끝내야겠다."

말을 마친 진무성이 몸을 일으켰다.

그의 눈빛에는 평소보다 더욱 단호한 빛이 서려 있었다.

* * *

자신의 객방에 들어선 진무성은 침상 앞에 놓인 두 개의 의자를 쳐다보았다.

의자에는 한 노인과 중년인이 축 늘어진 자세로 앉아 있었다. 둘은 진무성이 나타나자 공포와 애원이 담긴 눈빛으로 쳐다보았다.

이미 그들의 눈엔 피로 의해 혈안으로 변해 있었고, 눈알은 고통으로 튀어나올 것 같았다.

눈이라도 마주쳤으면 했지만 진무성은 그들을 쳐다보지도 않고 침상에 그대로 누웠다.

그러나 의자에 앉은 둘의 눈은 더욱 다급해졌다.

세상에는 가장 가벼운 구타부터 누구나 두려워한다는 능지처참까지 셀 수 없이 많은 고문이 존재했다.

그중에서도 가장 고통이 심한 것이 화형이라고 했다. 하지만 고통보다 더 무서운 고문은 아무것도 묻지 않는 고문이었다.

고문을 받는 이유를 모르니 고문을 멈출 방법이 없기 때문이었다. 그렇게 지내다 공포 그 자체가 고문이 되면서 정신까지 피폐하게 만드는 것이다.

한 시진 정도 지났을까……

마치 한 잠 잔 듯 기지개를 켜며 몸을 일으킨 진무성은 그제야 의자에 앉아 있는 자들을 쳐다보았다.

그들은 총수로 불리던 노인과 그의 심복으로 보이는 중년인이었다.

그들의 육신엔 지금도 분근착골이라는 고문이 행해지고 있었다. 무림 고수들도 일각 이상 견디기 힘들다는 최악의 고문을 연이어 세 시진 이상 당하고 있는 그들은 지금 완전 미칠 지경이었다.

진무성은 먼저 노인의 목이 움직일 수 있도록 혈도를 하나 풀었다.

"내가 묻는 말에 대답할 준비는 되어 있지?"

노인은 잠시 멈칫했다.

"난 즉답을 원한다."

진무성은 노인의 혈도를 다시 짚더니 이번에는 중년인의 혈도를 풀었다.

"너는 내가 묻는 말에 대답할 준비가 되어 있지?"

중년인은 급히 고개를 끄덕였다.

"네 이름이 뭐지?"

중년인은 말을 하려고 했지만 아혈이 막혀 답을 할 수 없었다.

"아혈을 풀어 주지를 않았군."

진무성이 아혈을 풀자 중년인이 처절하게 소리쳤다.

"도대체 왜 이러는 거요? 돈이 필요하면 돈을 줄 것이고 아아악!"

소리치던 중년인의 입에서 처절한 비명이 터져 나왔다. 그의 허벅지에서는 살이 타는 냄새와 함께 연기가 피어올랐다.

그의 허벅지에는 진무성의 손가락이 꽂혀 있었다.

"너도 내가 원하는 대답을 하지 않는군."

아혈을 막은 진무성은 다시 노인의 혈도를 풀며 물었다.

"말할 준비가 됐나?"

노인은 고통에 이미 기진맥진한 듯 힘없이 고개를 끄덕였다.

"거짓을 말하면 또 시작이다."

"으으윽……."

아혈을 풀자 노인은 비명지를 힘도 없는 듯 신음만을 뱉었다.

"네가 양홍이지?"

이름을 물으면 세간에 알려진 이름을 말할 생각이었던

노인은 뜻밖의 질문에 놀란 듯 또다시 즉답을 하지 못하고 말았다.

그리고 어김없이 진무성의 손가락이 그의 허벅지를 찔렀다.

"끄아악!"

살이 타는 냄새와 연기가 올라오자 힘없던 노인의 입에서는 처절한 비명이 터져 나왔다. 극한 고통은 없는 힘도 나게 해 주는 법이었다.

"아아아악! 제발……."

하지만 노인의 소리는 거기서 끝났다. 다시 아혈이 짚혔기 때문이었다.

"대답이 잘못되거나 늦으면 고통의 강도는 점점 더 세질 거다. 준비됐나?"

진무성의 말에 중년인은 고개를 급히 끄덕였다.

아혈을 다시 풀어 준 진무성이 물었다.

"이름."

"서중만입니다."

"어디서 일하나?"

"삼원루 총관입니다."

"다른 것도 말해야지?"

"그, 그, 그것이 다입…… 허허허헉컥컥!"

서중만은 너무 극심한 고통에 비명조차 제대로 지르지

못하고 입을 벌린 채, 숨넘어가는 소리를 토해 냈다.

진무성의 다섯 손가락이 그의 허벅지의 다른 부분을 파고 들더니 손을 비틀어 살점과 근육 전체를 찢어 버렸기 때문이었다.

아혈을 다시 짚은 진무성은 비릿한 표정으로 말했다.

"사람을 물건으로 팔아 먹었으면 어디서 구해서 어디다 넘기고 뒤를 봐주는 놈이 누구인지 말해야지 총관입니다. 한마디로 넘어가려면 안 되지!"

인간은 인내심으로는 절대 견딜 수 없다는 분근착골의 고통에 이미 육신과 정신 모두를 포기할 정도로 피폐해진 그들에게 고통이 계속 유지되는 상황에서 살이 타고 파이는 고통이 더해지자 이젠 제발 죽여 달라고 사정을 하고 싶을 정도였다.

중년인이 까무러칠 듯 고개까지 뒤로 넘어가자 공포에 찌들은 노인의 눈에는 짙은 절망감이 짙게 깔렸다.

"이젠 잘할 수 있겠지?"

노인은 고개를 끄덕였다.

아혈을 푼 진무성의 질문이 이어졌다.

"당신의 이름이 양홍이지?"

"그렇습니다."

"가진 재산에 대해 말해 봐."

"삼원루……."

양홍의 나오는 목록을 듣는 진무성의 눈이 살짝 커졌다. 예상 외로 엄청난 재산을 보유하고 있었기 때문이었다.

'그렇게 많은 돈을 가지고 그런 장사를 직접 한다는 것은 돈이 이유는 아니라는 건데…….'

"여자들을 제공하는 문파는 어디지?"

"혈사련과 천존마성의 세력권에 있는 흑도파에서 대부분 제공합니다."

"재산이 이렇게 많은데 여자 장사까지 한 이유가 뭐냐?"

"그, 그건…… 암흑무림 때문에 어쩔 수 없었습니다."

더듬거리던 양홍은 진무성의 손이 자신의 허벅지에 향하자 급히 답했다.

"암흑무림? 왜?"

"암흑무림에서 매년 삼백 명이 넘는 여자들을 원했습니다. 게다가 내가 가진 재산으로는 감당할 수 없는 엄청난 액수의 돈을 매달 상납해야 했습니다."

"협박을 받았다는 말인가?"

"그들은 정말 무서운 자들입니다."

"악양은 제갈세가의 세력권이고 무림맹이 있는 군산도 가까운데 그들에게 도움을 청하면 되지 않았나?"

"제가 이런 재산을 쌓는 데 암흑무림의 도움을 받았습

니다. 저로서는 어쩔 수 없었습니다. 제발 혈도 좀 풀어 주십시오. 더 이상 견디기 어렵습니다."

잠시 생각하던 진무성의 몸에서 엄청난 기가 뿜어져 나오며 둘의 온몸을 감쌌다. 순간 양홍과 서중만의 눈이 경악으로 휘둥그래졌다.

엄청난 고통을 겪는 상황에서 고통까지 잠시 잊을 정도로 큰 충격을 받은 것이었다.

"이제부터 너희에게 살 길을 알려 주겠다. 너희는 나를 주군으로 삼고 내 명을 따라라. 암흑무림은 내가 알아서 막아 주겠다. 만약 내 명을 어기거나 배신을 한다면 지금의 고통은 조족지혈에 불과했다는 것을 알게 될 게다. 주군으로 삼겠느냐!"

양홍은 온몸을 짓누르는 절대자의 기도에 완전히 압도된 듯 온몸을 떨면서 소리쳤다.

"주군으로 모시겠습니다."

말을 못하는 서중만 역시 그렇게 하겠다는 듯 고개를 끄덕였다.

* * *

"경매가 완전히 엉망이 됐다고?"

장로인 백견추랑의 보고에 암흑무림의 지존인 암흑지

마황의 목소리가 싸늘하게 변했다.

"경매장을 보호하던 풍도마귀가 이끌던 유명전의 무력대가 모두 전멸하고 고객이던 손님들 역시 대부분 불구가 될 정도로 큰 상처를 입었다고 합니다. 지금 상황이면 다시 경매를 시작하려면 상당한 시간이 걸릴 것 같습니다."

"망혼귀계!"

"예! 지존."

암흑무림의 군사인 망혼귀계는 급히 머리를 조아리며 답했다.

"감히 그런 짓을 저지른 놈들이 누구냐?"

"아직 알아낸 것이 없습니다. 그리고 범인은 한 명이었다고 합니다."

암흑지마황의 표정이 확 변했다.

"풍도마귀가 이끄는 유명전의 무력대가 겨우 한 놈에게 전멸을 했다는 말이냐?"

"살아 있는 자들이 이구동성으로 한 명이었다고 했다니 맞는 것 같습니다."

"목격자도 있는데 어찌 알아낸 것이 없다는 말이냐!"

"지금 밝혀진 것은 그놈이 대단한 암기술의 고수라는 것입니다."

"암기술? 지금 겨우 암기에 그렇게 당했다는 것이냐?"

"동전을 사용한 연환표종류의 암기술을 사용한 것 같은데 동전 하나에 무력대원들이 한 명씩 죽어 나갔다고 합니다. 심지어 풍도마귀조차 그것을 막지 못하고 심장을 관통당했다고 합니다."

"동전을 그렇게 사용할 수 있는 암기의 고수는 당가에도 없다고 아는데?"

"저희도 보고를 받고 암기의 고수들을 모조리 살펴보았지만 동전을 사용하는 자는 특정하지 못했습니다."

암흑지마황은 의아한 듯 고개를 갸웃했다. 뭔가 이상한 기류가 흐르고 있다는 생각이 들었기 때문이었다.

"갑자기 듣지도 못했던 창의 고수가 나타나 혈사련을 발칵 뒤집어 놓았는데 이번에는 암기의 고수라니, 우리가 감지못한 새로운 세력이 나타난 것은 아니냐?"

"조사를 더 해 보아야 할 것 같습니다. 한 가지 단서라면 인신매매를 하는 흑도파들이 사방에서 몰살당하는 사건이 일어났습니다. 이번 일도 그것과 연관이 있을 것 같아 그자를 추적하라고 시켰습니다."

"본 림을 건드린 놈들은 누구를 막론하고 살려 둘 수 없다. 반드시 범인을 찾아내 죽인다."

"알겠습니다."

"양홍은 어떻게 됐느냐?"

"양홍과 서중만은 행방불명이 됐습니다."

"뭐야! 설마 죽었다는 거냐?"

"시신이 발견되지 않았으니 죽지는 않았을 것입니다."

"양홍이 사라지면 문제가 커진다. 유령밀전의 전주는 당장 유령대를 악양으로 보내 양홍을 찾아내라."

"지존, 지금 관은 물론 제갈세가와 무림맹까지 이번 사건으로 악양에 많은 수하들을 급파했습니다. 지금 유령대가 가는 것은 그들을 자극할 수도 있습니다. 새로운 보고가 들어오면 상황에 맞춰서 무략대를 보내는 것이 좋을 것 같습니다."

망혼귀계의 말에 암흑지마황은 잠시 생각하더니 고개를 끄덕였다. 사실 암흑무림의 정예가 악양으로 들어가는 것은 무림맹을 자극할 수 있었다.

"악양 주위의 본 림의 모든 조직을 가동해서 범인과 양홍을 최대한 빨리 찾게해라."

일갑자 넘게 암중으로 전력을 키워 오던 암흑무림이 이번 사건을 계기로 본격적으로 강호에 출현한다면 정파들에게는 너무 나쁜 소식임에 분명했다.

* * *

악양의 삼원루 사건은 생각보다 여파가 컸다.

그동안 진무성이 일으킨 혈겁들 대부분은 흑도파나 혈

사련에 직접적인 연관이 있었지만 정파와는 상관이 없었다.

하지만 악양은 제갈세가와 무림맹의 세력권이 교차하는 지역으로, 정파에서 모른 척할 수 없는 곳이었다.

더욱이 삼원루는 양민들 재산이었고 그 안에서 다친 사람들도 대부분 여러 지역에서 힘깨나 쓴다는 부자들이었기 때문이었다.

관부의 시신고에 도착한 무림맹과 제갈세가 그리고 개방의 책임자들은 시신들을 보며 심각한 표정으로 대화를 나누고 있었다.

"이건 단순한 암기술이 아닙니다. 상처를 보시면 몸 안으로 들어가는 즉시 회전하며 근처의 조직을 모조리 부숴 버렸습니다. 이 정도면 동전 하나를 날릴 때 최소한 일갑자 이상의 내기를 사용해야만 가능합니다."

시신을 상세히 조사한 무림맹의 의원이 놀랍다는 표정으로 말했다.

일류급의 무공을 지닌 무림인에게 동전을 날려 치명상을 입히기 위해서는 내공이 동전에 주입이 되어야 하는 것은 당연했다.

일갑자의 내공을 지닌 자가 동전에 입갑자의 내공을 주입해 던지는 것 역시 놀랄 일은 아니었다. 문제는 상황이었다.

생존자들은 이구동성으로 범인은 한 명이라고 말했다. 한 명이 수십 개의 동전마다 일갑자의 내공을 주입해 연달아 던진다는 것은 그곳에 있는 자들 누구도 불가능했다.

당가의 만천화우 같은 암기술은 수십 개의 암기에 내공을 실어 동시에 날릴 수 있었다. 하지만 그러기 위해서 대부분 가늘고 가벼운 바늘 같은 암기를 사용하는 것도 동전으로는 그렇게 하는 것이 어렵기 때문이었다.

"설마, 또 다른 고수의 등장인가요?"

개방의 악양분타주인 독행개는 믿기 힘들다는 표정으로 중얼거렸다.

무림에 풍운이 불고 있었다.

* * *

삼원루의 총수 집무실에 도착한 진무성은 어깨에 메고 있던 양홍을 바닥에 던졌다.

상당히 아팠을 것 같았지만 양홍은 아픈 표정도 짓지 못하고 급히 진무성 앞에 엎드렸다.

"비밀 금고는 어디냐?"

진무성의 말에 양홍은 조금도 주저하지 않고 벽 쪽으로 가더니 벽에 조각된 불상을 강하게 눌렀다. 그러자 바닥의 대리석 중 하나가 열렸다.

상당히 정교한 장치로 돈을 상당히 많이 들였을 것 같았다.

안에는 꽤 많은 장부와 서류들 그리고 척보기에도 귀해 보이는 나무 상자가 놓여 있었다.

진무성이 앉아 있는 의자 앞 탁자에 그것들을 모두 올려 둔 양홍은 공손히 그앞에 다시 엎드렸다. 심신이 완전히 제압당한 것을 알 수 있었다.

장부들을 세세히 살피던 진무성의 얼굴에 노한 기가 나타났다.

"인신매매만이 아니라 더러운 짓을 참 많이 했구나?"

진무성의 시선이 향하자 엎드려 있던 양홍은 급히 머리를 조아렸다.

"제가 재산을 불리는 과정에서 암흑무림의 돈을 많이 사용했습니다. 때문에 그들의 요구를 거절할 수 없었습니다."

그의 대답에 대꾸할 가치도 없다는 듯 다른 장부를 살피던 진무성의 눈에 이채가 나타났다.

"골동품 판매액이 엄청난데 이많은 골동품은 어디서 조달하지?"

"하, 하오문에 도방(盜幇)이라는 곳이 있습니다. 그들에게서 조달을 받았습니다."

진무성의 머리에 하오문에 대한 정보가 떠오르기 시작했다.

무림에서 가장 오래된 문파라면 마교나 소림사를 떠올리는 사람들이 많지만 사실 가장 오래된 문파는 하오문이었다.

"도방이면 훔친 물건들을 처분해 주었다는 말이군. 한마디로 장물아비네?"

"죄, 죄송합니다."

천하의 모든 지하 상권을 장악하고 있는 암흑무림에서는 구할 수 없는 것은 없다는 말이 돌 정도로 온갖 물건들을 다 판매했다.

고물상부터 시작하여 도난 물품, 불법적인 물건들까지 온갖 곳에서 별의별 것이 다 유입이 되다 보니 제황병까지도 아무도 모르게 들어왔고 그게 재화상단에 들어갈 수 있었던 것이었다.

"암흑무림에서 암중으로 굉장한 세력을 형성했다는 말인데…… 너 같은 자들이 무림에 더 있느냐?"

"앵속은 물론 온갖 독까지 구하기 힘든 잡다한 물건들이 암흑무림으로 유입이 된다고 알고 있습니다. 아마도 물건을 대는 자들은 상당히 많을 것입니다. 하지만 저 같이 고가의 물건과 돈까지 대는 곳은 대강 이북에 하나 정도 더 있다고 들었습니다."

잠시 생각하던 진무성은 다시 물었다.

"암흑무림과 양 총수가 그런 관계라는 것을 아는 사람은 모두 몇 명이나 되지?"

"저와 총관밖에 없습니다."

"너희 둘밖에 없다고?"

"암흑무림은 일갑자 전 정파와 큰 싸움을 벌인 후, 지하 무림에서 외부로 나가지 않기로 약속을 했습니다. 그래서 암흑무림에서 악양에서 이런 거래를 하고 있었다는 것이 알려지는 것을 굉장히 꺼려했습니다. 걸린다 해도 암흑무림과는 연관이 없도록 하기 위해서 모든 것을 저 혼자만 관리하고 책임졌습니다."

"그래서 이 많은 재산이 다 양 총수의 명의란 말이지?"

"그렇습니다."

악양은 무림맹과 제갈세가의 입김이 아주 강한 곳이었으니, 암흑무림으로서는 굉장히 조심했다는 것을 알 수 있었다.

"너희 둘이 사라지면 어떻게 되지?"

"아마 저를 찾기 위해 이미 난리가 났을 것입니다."

진무성은 좋은 생각이 난 듯 회심의 미소를 띠며 말했다.

"지금부터 네 재산을 모두 내게 넘긴다."

"예에?"

재산을 모두 넘기라는 말에 양홍은 당황한 듯 눈을 크게 뜨며 반문했다.

"왜 싫으냐?"

"아, 아닙니다. 분부하신 대로 모두 주군께 넘기겠습니다. 다만 넘기려면 천하전장을 거쳐야 하는데 그렇게 되면 암흑무림에서 금방 눈치를 챌 것입니다."

"천하전장? 거긴 천하상단에서 운영하는 곳 아니냐?"

"저의 모든 재산은 천하전장에서 관리를 하고 있습니다."

"천하전장이 암흑무림과 연관이 있다는 것이냐?"

"직접적인 연관은 없는 것으로 알고 있습니다."

"그런데 왜 천하전장을 거쳐야 한다는 것이냐?"

"주루나 기루를 매입할 때, 천하전장에서 돈을 빌렸습니다. 물론 지금은 빌린 돈을 모두 갚았지만 만약 판매할 시 천하전장에 우선권을 준다고 약정을 했습니다."

"그러니까 판매를 할 경우 먼저 천하전장에 살 의향이 있는지를 먼저 물어보고 그들이 있다고 하면 그들에게 먼저 팔아야 한다는 것이냐?"

"예!"

"흠~ 암흑무림에서 나름 안전장치를 만들어 놨었군. 그 서류는 어디에 있느냐?"

"상자 안에 있습니다."

상자를 연 진무성은 가득 들어 있는 문서 중 하나를 들더니 곧 살펴보기 시작했다. 그리고 곧 회심의 미소를 지었다.

그에게 말로 들었던 것보다 훨씬 더 많은 재산을 가지고 있는 것을 알았기 때문이었다.

"몇몇 재산은 다른 자들의 명의도 있는데 이건 뭐냐?"

"저는 본 적이 없습니다. 암흑무림에서 일부러 끼워 놓은 자들 같습니다."

"그렇다면 이 자들은 대충 처리가 가능할 것이고⋯⋯ 만약 이 재산이 모두 다른 사람에게 넘어갔다는 것을 암흑무림에서 알게 되면 난리가 나겠구나?"

"그들은 돈을 가장 중요시 하는 자들입니다. 아마 제가 기루들을 처분하려고 하면 저를 잡아 죽이기 위해 비상이 걸릴 것입니다."

서류를 보자기에 담아 어깨에 멘 진무성은 다시 물었다.

"이것말고 또 숨긴 것은 없느냐?"

"제 침실의 비밀 금고에 전표와 돈이 있습니다."

이미 모든 것을 포기한 듯 양홍은 술술 다 말했다.

"어디냐?"

"저 옆방입니다."

양홍을 끌고 침실로 자리를 옮긴 진무성은 그가 비밀

금고를 열자 놀란 듯 혀를 찼다.

 수십장이 넘는 전표는 물론 금자와 금괴, 보석 등 생각지 못한 엄청난 액수의 재물이 그 안에 있었기 때문이었다.

 "알뜰히도 모아 놨구나."

 재물까지 모두 보자기에 쓸어담던 진무성의 눈에 이채가 나타났다.

 정체를 알 수 없는 자들이 다가오고 있는 것을 느꼈기 때문이었다.

 '이곳을 감시하고 있는 놈들이 있었군.'

 진무성은 그들이 양홍을 찾는 암흑무림의 수하들이라는 것을 직감하고는 빨리 모든 재물을 담고는 비밀 금고를 원위치시켰다.

 그리고 양홍의 팔을 잡고는 스르르 사라졌다.

 그가 사라지기가 무섭게 십여 명의 흑의인이 집무실 안으로 들어섰다.

 [침실로 가 봐라.]

 [예!]

 몇 명이 침실로 들어갔지만 이미 사라진 진무성이 보일 리 없었다.

 [이곳에서 움직이는 그림자를 본 것이 분명하냐?]

 [틀림없습니다. 분명 누군가 움직이는 것을 보았습니다.]

[이렇게 빨리 사라질 수가 있나?]

고개를 갸웃한 지휘자는 밖을 향해 전음을 날렸다.

[밖으로 나온 자들이 있느냐?]

밖을 포위하고 있는 자들이 또 있는 듯했다.

[아무도 없었습니다.]

지휘자는 다시 한번 주위를 살폈다.

양홍의 집무실과 침실은 양홍과 서중만 이외에는 누구도 드나들 수 없는 곳이었다. 그리고 그들이 이곳을 포위 감시한 것이 이틀째였다.

그런데 모두의 눈을 숨기고 안에 들어왔다는 것도 믿기 어려운 일인데 누군가 있다는 신호를 받자마자 달려왔는데 아무도 없다는 것은 감시하던 놈들이 잘못 보았거나 그들이 눈치챌 수 없을 만큼 비상한 능력을 가진 자일 경우밖에 없었다.

고심하던 그는 다시 명을 내렸다.

[모두는 원래의 위치로 돌아가 다시 감시에 들어간다.]

진무성이 다시 이곳에 올 이유가 없다는 것을 알 리 없는 그였다.

* * *

천하에는 누구나 인정하는 네 개의 상단이 있었다.

하남과 하북 등 대강 이북 쪽을 장악하고 있는 태평상단. 산동에서부터 강소 절강 그리고 복건 등 동쪽의 해안가를 따라 위세를 떨치는 황금장.

그리고 장강이남을 모두 상권으로 삼고 있는 천하상단이 있었다.

마지막 하나는 지하세계를 대표하는 암흑상단으로 암흑무림에서 운영한다는 것외에는 알려진 것이 거의 없었다. 하지만 지하세계의 상권이 얼마나 거대한지를 아는 사람들은 암흑상단을 사대상단에 놓기를 주저하지 않았다.

천하전장 악양분점.

분점이라고는 하지만 실질적으로 본 점이라고 해도 될 만큼 가장 많은 돈을 거래하는 곳이었다.

악양분점의 총수는 성안우라는 자로 천하전장의 이인자로 알려져 있었고 천하상단 내에서도 최고 간부급에 들어 있는 자였다.

"손님이 찾아왔다고?"

성안우는 행수인 장명천의 보고에 의아한 표정으로 반문했다.

"예, 총수님을 뵙고 싶다고 합니다."

"장 행수, 내가 언제 약속되지 않은 손님을 맞은 적이 있었더냐?"

"아닙니다. 그런데 지금 손님이 본 전장의 전표를 모두 돈으로 찾겠다고 해서 어쩔 수 없었습니다."

성안우는 전표의 돈을 찾는다는 말에 그를 찾아왔다는 말에 찾으려는 액수가 엄청난 거액이라는 것을 직감했다.

"얼마더냐?"

"금자 오만 냥에 달합니다. 지금 전장에 그런 거액의 돈이 없습니다. 그런데 총수님을 뵈면 재고를 해 본다고 해서…… 죄송합니다."

"어디에 발급한 전표더냐?"

"무기명 전표였습니다."

무기명 전표를 발급했다면 금자 오만 냥 정도가 아니라 더 큰 액수를 천하전장과 거래를 하고 있는 자였다.

"모시거라."

"예!"

* * *

빈청에 도착한 진무성은 다과가 놓인 그릇에서 당과 하나를 들어 입에 넣었다.

그리고 천천히 주위를 돌며 감상했다.

'확실히 부자들은 다르군.'

벽에 걸린 그림과 서체들이 척 봐도 대단히 귀한 물건임을 알 수 있었다.

"귀한 분을 기다리게 해서 죄송합니다. 천하전장 악양 분점을 책임지고 있는 성안우라고 합니다."

빈청의 문이 열리며 하얀 수염을 길게 기른 선한 인상의 노인이 안으로 들어서더니 공손히 포권을 하며 말했다.

"아닙니다. 약속도 없이 갑자기 찾아온 제가 더 죄송하지요. 전 진무성이라고 합니다."

성안우는 포권을 하는 진무성을 보자 살짝 놀란 표정을 지었다.

엄청난 돈을 거래하는 자로 보기에 너무 젊었기 때문이었다. 거기다 얼굴에 보이는 여러 자상이 눈에 확 들어왔다.

'무림인인가? 그런데 자상이 저렇게 잘 어울리는 사람은 처음 보는군.'

얼굴의 자상은 보는 사람으로 하여금 혐오감을 줄 수 있었다. 험악하게 보이기도 하고 뭔가 좋은 사람이 아닐 거라는 선입견을 주기에 충분하기 때문이었다.

그러나 진무성의 자상은 조금도 흉해 보이지 않았다. 아니 오히려 호쾌한 영웅을 보는 듯한 매력을 풍기는 것 같았다.

"우선 앉으시지요."

"예."

자리에 앉자 다시 한번 진무성을 살핀 성안우가 입을 열었다.

"그런데 저를 보자고 하신 이유가 무엇이신지요."

그의 질문에 진무성은 미소를 지으며 입을 열었다.

8장

"천하전장과 친한 사이가 됐으면 해서 왔습니다."
"허허허~ 갑작스럽군요. 지금 상황에서 노부는 진 대인의 말이 무슨 의미인지 모르겠습니다."
"친분을 갖자는 말이 이해가 안 가십니까? 너무나 단순한 말인데, 그걸 모르신다니 더 이해가 안 되는군요?"
"친분을 갖자는 말이야 당연히 이해합니다. 하나, 노부는 진 대인이 무엇을 하시는 분인지도 모릅니다. 그런데 갑자기 친분을 얘기하시니 의아하지 않겠습니까?"
"제가 누구냐라······. 제 입으로 말한다면 조금은 언짢아지실 수 있을 텐데, 그래도 솔직하게 말씀드리는 것이 좋겠지요?"
"허허······ 저희 같이 전장에서 종사하는 사람들은 신용을 가장 중요시 합니다. 당연히 솔직하게 말씀해 주시는 것이 좋습니다."

"간단하게 말씀드리자면 천하상단을 흥하게 할 수도 있고 망하게 할 수도 있는 사람이라고 할까요."

성안우의 표정이 살짝 변했다.

'이자가 미쳤나? 감히!'

금자 오만 냥에 달하는 전표를 가지고 왔다는 말만 듣지 않았다면 당장 일어서서 나가고 싶을 정도로 불쾌했다.

선해 보이던 성완우의 얼굴이 딱딱하게 굳는 것을 본 진무성은 예상했다는 듯 태연하게 다시 말했다.

"솔직한 것이 좋다고 하셨는데 제가 너무 돌려 말씀드린 것 같습니다. 이렇게 말씀드리는 것이 더 맞을 것 같습니다. 저와 친분을 갖게 된다면 천하상단은 아주 큰 이득을 보겠지만 저와 척을 지시면 천하상단 자체가 사라질 수도 있다는 말입니다."

성완우는 대로(大怒)한 표정으로 벌떡 몸을 일으켰다. 아니 일어서려고 했다.

하지만……

'이, 이, 이…… 으으…….'

성완우의 표정이 사색으로 변했고, 눈에서는 공포의 빛이 나타났다.

진무성의 몸에서 천극혈성마공을 가득 품은 살기가 그의 전신을 눌러 왔기 때문이었다.

 누구를 부르거나 비명이라도 지르고 싶었지만 입을 열 수가 없었다.

 "제 말씀은 끝까지 들으시고 일어나셔야지요? 이렇게 다 듣지도 않고 일어나시면 저보고 전장의 모든 사람들을 죽이고 가라고 하시는 것과 같습니다. 불쌍한 식솔들이 총수님의 잘못된 판단으로 모두 죽는다면 얼마나 억울할까요?"

 점점 강해지는 살기와, 한마디 한마디에 범접할 수 없는 위엄과 절대자의 기도까지 뿜어지자 성완구의 심신은 완전히 압도되고 말았다.

 "제, 제, 제가 무례했던 것 같습니다. 마, 마, 말씀하십시오. 경청하겠습니다. 헉헉……."

 성완구는 자신에게 가해지던 살기가 사라지자 마치 격렬하게 뛴 듯 헉헉댔다.

 더 이상 그에게서 진무성을 경시하는 모습이나 표정은 볼 수 없었다.

 "그럼 다시 말하지요. 천하전장과 친분을 맺고 싶은데 저랑 친구가 되시겠습니까?"

 성완구는 진무성의 얼굴에 나타난 신비한 느낌을 주는 미소를 보며 자신이 거절하는 순간, 진짜 천하상단 전체가 몰살될 수도 있음을 느꼈다.

"다, 당연히 친분을 갖도록 해야지요. 대총수님께서도 진 대인과 친구를 맺는 것을 원하실 것입니다."

"그렇게 말씀해 주시니 감사합니다. 하지만 믿음을 주기 위해서는 제게 신뢰심을 주셔야 하지 않겠습니까?"

"신뢰심을 어떻게 해야 보여 드릴 수 있을까요?"

"진정성을 보여 주시면 가장 좋겠지요."

"진정성이라면 어떤 것을 말씀하시는지요?"

진무성은 품에서 여러 서류를 꺼냈다.

"읽어 보시지요."

성완구는 떨리는 손으로 서류를 잡더니 하나씩 읽기 시작했다.

"이, 이거는?"

"서류를 보니 천하전장 악양분점이 책임자더군요."

"그렇긴 한데…… 이걸 왜 제게?"

"양 총수께서 천하전장에서 우선권을 가진 부동산들을 모두 처분하고 싶어 하십니다. 성 총수님께서는 그 부동산들을 인수할 의향이 있으십니까?"

"그것은 제 권한을 벗어나는 일입니다. 부동산 규모와 액수가 너무 커서, 저희 전장의 보유금으로 인수할 수도 없습니다."

"그렇다면 권한을 포기한다는 각서에 천하전장의 장인

을 찍어 주실 수 있겠습니까?"

"그, 그, 그것도 제 권한을……."

"그러시다면 저와 친분을 갖는다는 말은 제 협박 때문에 억지로 하신 말씀이시군요? 그럼 이제부터 천하전장 아니 천하상단 전체가 저와 적이 되기로 결정했다고 봐도 되겠지요?"

"제 권한 밖이라는 것이지, 진 대인과 척을 지겠다는 것은 절대 아닙니다. 제, 제가 대총수님과 전장 총수님께 말씀을 드려 허락을……."

"성 총수님께서는 저를 아주 만만하게 보시는 모양입니다."

긴장한 성완우는 이마에서 흐르는 식은 땀을 소매로 훔치며 말했다.

"그, 그럴 리가요!"

그가 지금 지위에 오르기까지 수많은 거래를 했고, 그중에는 목숨이 왔다 갔다 할 정도로 위험한 거래도 꽤 있었다.

하지만 지금처럼 아무것도 못한 채 그저 식은땀만 그저 줄줄 흘린 적은 단연코 처음이었다.

"성 총수님의 지위라면 비상 권한으로 처리를 하고 사후 허가를 받을 수 있다는 것 정도는 압니다. 그럼에도 권한 밖이라는 변명만 하고 계시니 제가 진정성을 믿을 수 없다는 겁니다."

 성완우의 머리가 빠르게 돌기 시작했다.

 진무성에 대한 경악과 공포심이 그를 두렵게 했지만 평생 상인으로 산 그에게 판단의 가장 큰 조건은 이익이냐 손실이냐였다.

 그리고 그는 비교적 짧은 시간에 결정을 했다.

 "진 대인께서는 저희가 인수해 주시기를 원하십니까? 아니면 그냥 선인수권만을 포기하기를 바라십니까?"

 "천하전장에서 인수를 해 주시다면 일이 매우 수월하고 시간도 줄일 수 있으니 제게는 아주 환영할 만한 일이지요."

 "그럼, 인수 가격을 어느 정도로 생각하고 계십니까?"

 "천하전장이 선인수권을 가지고 있는 곳이 삼원루를 비롯하여 기루만 세 곳이고 주루인 극미루 그리고 백여 개의 방이 있는 객잔까지 있습니다. 금자 오십만 냥은 넘을 것 같은데 어찌 생각하십니까?"

 진무성의 말에 성완우는 자신도 모르게 가슴을 쓸어넘겼다.

 금자 오십만 냥은 사대상단조차도 구하기 쉽지 않은 엄청난 거액이었다. 하지만 물건들 자체가 원체 고가라서 매우 합리적인 가격이라고 할 수 있었다.

 만약 진무성이 터무니없는 가격을 제시했다 해도 받아

들일 수밖에 없다고 생각했던 성완우로서는 이 와중에도 다행이라는 생각이 들었다.

"그 가격이면 본 전장으로서도 손해는 아닐 것 같습니다. 그렇게 하겠습니다."

성완우가 동의하자 이후는 걸릴 것이 없었다.

이미 준비해 온 양홍의 도장이 찍힌 친필 계약서 등 판매에 필요한 모든 서류를 본 성완우는 모든 서류에 천하전장의 직인을 찍었다.

금자 오십만 냥이라는 엄청난 액수가 오가는 거래를 소유자인 양홍 본인도 없는 상태에서 이렇게 쉽게 체결이 되는 것은 천하전장은 물론 다른 어느 곳에서도 있을 수 없는 일이었다.

하지만 성완우에게는 이미 선택의 자유는 없었다.

서류 작업이 끝나자 성완우는 조심스럽게 말했다.

"전표는 어떻게 준비를 해 드릴까요?"

"무기명 전표로 금자 만 냥짜리 오십 장으로 준비해 주시겠습니까?"

"그렇게 하겠습니다. 그런데 제가 잠시 나갔다 와야 합니다."

"그렇게 하십시오."

성완우가 나가서 마음이 바뀌어 전장의 무사들을 이끌고 오거나 숨을 수도 있었지만 진무성은 너무도 흔쾌히 승낙을 했다.

성완우가 나가자 진무성은 눈을 감았다. 그리고 성완우의 움직임을 살피기 시작했다.

이미 진무성의 기가 붙어 있는 성완우의 행동과 움직임은 모두 진무성이 그의 옆에 있듯 머리에 그려졌다.

'진정성을 보이라고 했더니 확실하게 보여 주는군.'

성완우가 나간 후, 어떤 다른 행동도 취하지 않고 전표만 만들어오는 것을 느낀 진무성은 만족한 듯 고개를 끄덕였다.

거의 반 시진이 지나 다시 돌아온 성완우는 공손히 허리를 굽히며 말했다.

"액수가 크고 전표의 양이 많아 좀 늦었습니다. 기다리게 해서 죄송합니다."

"괜찮습니다. 앉으시지요."

주객이 전도된 듯 진무성은 앉으라는 듯 손을 내밀며 말했다.

"금자 오십만 냥은 본 전장에서도 처음 발행하는 큰 액수입니다. 사용을 하실 때 하루나 이틀 간격으로 쓰신다면 아무 문제 없을 것입니다."

고개를 끄덕인 진무성은 그가 내민 전표 뭉치를 품속에 집어넣었다.

"원래 이 거래를 하려면 누구누구가 관여하게 됩니까?"

"물건이 크고 액수가 높아서 사실 저희가 인수하려면 본 전장의 실사 행수를 비롯……."

엄청난 액수가 오가는 전장답게 거래가 완료되기 위해서는 상당히 많은 사람들의 손을 거쳐야 했다.

성완우가 말하는 사람들을 천천히 머릿속에 외운 진무성은 몸을 일으키며 말했다.

"오늘 거래는 우선 다른 사람들에게는 비밀로 해 주십시오."

"……그래도 본 장 총수님과 대총수님께는 보고를 드려야 합니다."

"두 분께는 당연히 보고를 드려야겠지요. 그럼 서신으로 보고를 드립니까?"

"보통은 그렇지만 이번은 제가 직접 가서 보고를 드려야 할 것 같습니다."

금자 오십만 냥이 오간 거래가 만약 사기라고 판명이 되면 천하상단 전체가 휘청할 수도 있는 일이었다. 그로서는 그런 중차대한 일을 본인 직권으로 처리했으니 직접 가서 보고를 하고 그래야만 했던 사유를 설명하고 설득해야만 했다.

"이제부터 제가 하는 말은 무림의 비밀입니다. 높으신 분들에게도 비밀이라는 말을 먼저 주지시킨 후 말하십시오. 저도 성 총수님께서 우리가 친구가 됐다는 진정성을 보여 주셨으니 저도 진정성을 보이기 위해 말씀드리는 것입니다."

"무슨?"

무림의 비밀이라는 말에 성완우는 긴장한 표정으로 반문했다.

상인들에게는 몇 가지 금기 사항이 있는데 그중 하나가 무림의 비밀은 알려고도 들으려고도 하지 말라는 것이었다.

다른 때 같으면 그는 아마 듣지 않겠다고 했을 것이었다. 하지만 너무 큰 일을 벌인 그로서는 대총수를 설득하기 위해서는 진무성에 관한 정보가 조금 더 필요했다.

"창을 사용하는 정체불명의 무인에 대해서는 알고 계시지요?"

"예, 알고 있습니다."

"그럼 삼원루의 사건도 아실 것이고요?"

"예."

"제가 그 일을 벌인 범인입니다."

"예?"

성완우는 온몸에 소름이 돋는 것을 느꼈다.

지금 그를 쫓는 자들이 혈사련이라는 것은 그도 알고 있었다.

진무성의 당부가 없더라도 함부로 입을 열었다가는 천하전장 전체가 위험해질 수 있는 사안이 분명했다.

"그리고 곧 무림에……."

진무성이 소리를 낮춰 뭔가를 말하자 성완우의 눈이 휘둥그래졌다. 무슨 말을 들었기에 그가 이렇게 경악을 하는 것일까…….

"그 정도면 천하상단에서 제게 보여 준 신뢰에 대한 답은 되었겠지요."

이후 일어날 대사건을 먼저 알 수 있다는 것은 상단에게 엄청난 정보였다.

"감사합니다. 천하전장 아니 천하상단에서는 진 대인께 신뢰를 저버리는 일은 없을 것입니다."

"그리고 마지막으로 암흑무림에서 좀 귀찮게 할 겁니다. 그것도 크게 걱정은 마십시오. 제가 처리해 드릴 것이니까요."

말을 마친 진무성은 포권을 하고는 천천히 밖으로 나갔다.

그리고 성완우가 그가 나갈 때까지 허리를 펴지 않은 채 서 있었다.

* * *

악양루에서 가까운 송림의 작은 공터.

소나무가 너무 빽빽하게 자라 있어 보통 사람은 들어갈 엄두도 못 낸다는 장소였다.

뒷짐을 지고 서 있는 우람한 체격의 노인 뒤로 한 중년인이 다가가더니 공손히 포권을 하며 인사를 했다.

"오랜만에 뵙습니다."

노인은 몸을 돌렸다. 그러고는 엄숙한 표정으로 말했다.

"오랜만이구나, 허굉. 그동안 호남 남부를 조사했다고?"

"예."

노인은 이해한다는 듯 고개를 끄덕였다. 그 순간 한 인영이 공중에서 떨어졌다.

그는 그대로 노인의 앞으로 가더니 공손하게 포권을 하며 말했다.

"호남지가 가주 정필용입니다. 장로님께 인사드립니다."

노인은 고개를 끄덕이더니 입을 열었다. 노인은 설화영을 잡기 위해 황도까지 들어갔던 장백이었다.

"가주님께서 우리를 모두 이곳으로 모이게 한 이유는 알고 있겠지?"

"예!"

"알고 있습니다."

"허핑부터 알아낸 것에 대해 말해 봐라."

"지금 창을 사용하는 놈의 동선을 따라가 본 결과, 그놈은 악양에서 사방 백 리 안에 있을 것으로 사료됩니다."

"확실한 건가?"

"사건들이 일어난 정황과 심증일 뿐, 아직 확신까지는 못하고 있습니다."

"지가주 생각은 어떠냐?"

"그놈은 지금 무차별적으로 사건을 일으키고 있습니다. 이미 당한 자들의 면면을 보면 본가는 물론 혈사련과 암흑무림뿐 아니라 심지어 양민들까지 죽였습니다. 솔직히 무엇을 노리는지 전혀 가늠이 안 될 정도입니다. 다만 한 가지 공통점은 발견했습니다."

"뭐냐?"

"대부분 나쁜 놈들만 그놈에게 당했습니다. 정파를 건드린 적은 없다는 것입니다."

"그럼 그놈이 정파란 것이냐?"

"그놈이 벌인 혈겁의 현장을 보면 정파로 보기엔 무리가 있다고 생각됩니다."

장백은 잠시 생각에 잠겼다. 그의 뇌리에 스쳐 지나가는 것이 있었기 때문이었다.

'그러고 보니 개방을 공격한 수하들을 죽인 놈도 개방

은 그냥 두었고, 남궁세가를 공격한 놈들 역시 결과적으로는 정파를 구해 준 것이었단 말이지?'

"지가주."

"예, 장로님!"

"개방과 제갈세가 모두 정보망이 있지?"

"예, 있습니다."

"무림맹에도 있느냐?"

"예!"

"현재 창을 쓴다는 놈에 대해 좀 더 정확한 정보가 필요하다. 창에 당한 놈들의 부검서를 구할 수 있겠느냐?"

"구해 보겠습니다."

"허굉."

"예!"

"너는 악양 백 리 안에서 벌어진 모든 사건들을 수집해라. 아무리 사소한 것이라도 놓치지 마라."

"알겠습니다."

전혀 단서를 찾지 못해 헤매던 대무신가에서 드디어 추격의 실마리를 찾은 것 같았다.

* * *

혈살단 단주 혈궁귀살의 특명을 받고 야차귀도를 죽인

범인을 찾기 위해 급파된 혈살대 대주 태행일괴는 추적을 돕기위해 나타난 잠혈단 대주 혈화귀연을 보자 얼굴을 살짝 구겼다.

그와 혈화귀연은 사이가 그리 좋지 않았기 때문이었다.

"하필 왜 네가 온 거냐?"

"호호호~ 오라버니 오랜만이네요. 요즘도 그렇게 여자를 밝히시나? 궁금하네."

"다 늙어서도 남자만 밝히는 네가 할 말은 아니지."

노회한 사파의 남녀고수들의 대화는 그리 깨끗하지 못했다.

"그동안 알아낸 것이 있으면 전부 보여 주세요."

"여기 있습니다."

태행일괴의 옆에 서 있던 영주가 그동안 모은 자료를 그녀 앞에 내려놓았다.

혈화귀연은 방금 보인 대화할 때와는 완전히 다른 모습을 보이며 자료를 살피기 시작했다.

태행일괴도 개인적인 감정과 달리 그녀가 일 처리가 확실하다는 것은 아는지 아무 말 없이 기다렸다.

그녀는 몇 번이나 자료를 번갈아 보며 옆에 있는 지도에 선을 긋더니 말했다.

"이자 지금 악양 근처에 있을 거예요. 그쪽으로 움직이

세요."

"틀림없냐?"

"련주님께서 왜 저를 보내셨겠어요? 사람 쫓는 것은 제가 전문이니 그냥 제 말만 따르시면 돼요."

태행일괴는 그녀의 명령하는 듯한 말투가 빈정이 상했지만 더 이상 대꾸없이 영주를 보며 명했다.

"모두 악양으로 움직인다."

"예!"

* * *

"이렇게까지 아무 단서도 안 나오다니 정말 믿기지가 않습니다."

제갈세가의 악양지가 가주인 제갈태운이 황당하다는 표정으로 먼저 입을 열었다.

그러자 개방의 독행개와 무림맹 지맹 책임자인 황보진웅 역시 동감한다는 듯 고개를 끄덕였다.

악양의 중심가에 있는 수백 명이 오가는 이름난 삼원루에서 백여 명에 가까운 사람들이 죽었다.

심지어 목격자가 수십 명이나 되었다.

악양의 지배자인 제갈세가와 개방 그리고 무림맹까지 세 개의 세력이 동시에 조사했는데 아무런 단서도 잡지 못했다는 것은 정말 놀라운 일이 아닐 수 없었다.

"본 가에서도 이번 사안이 매우 심각하다고 생각하신 듯합니다. 제갈장청 장로님께서 직접 오실 것이라는 연락을 받았습니다."

"맹에서도 무밀대를 보내겠다고 했습니다."

"본 방에서도 구룡신개 장로님께서 이곳으로 오실 것 같습니다."

잠시 침묵이 흘렀다.

분명 괴이한 사건이기는 했다. 하지만 마치 약속이라도 한 듯, 세 곳에서 중요 간부들이 모두 오겠다고 연락이 온 것은 매우 특이했다.

"어르신들이 삼원루 사건을 왜 이렇게 심각하게 생각하시는 길까요?"

독행개의 말에 황보진웅도 동감한다는 듯 받았다.

"지금 사건이 연달아 벌어지고 있지 않습니까? 아무래도 연관이 있다고 보는 것 같습니다."

"도대체 의도가 무엇일까요?"

"의도보다 더 문제가 있습니다. 지금 혈사련에서 정예 무력대까지 움직였다고 합니다. 잘못하면 그들과 부딪칠 수도 있습니다."

"맹에서도 걱정이 많습니다. 하지만 당장 어찌할 방도가 없지 않습니까? 명분은 그쪽에서 가지고 있으니 말입니다."

 그들은 아직 혈사련만을 알고 있었다. 만약 그들이 악양으로 몰려드는 세력이 한두 곳이 아니라는 것을 안다면, 그리고 그들에 의해 대폭풍이 불 리라고는 전혀 짐작도 하지 못했다.

* * *

"흐흐흐~ 오래 기다렸냐?"

 악양의 최대 포목상인 연비주단의 주인인 주명충은 이불 속에 들어 있는 여인을 보자 혀로 입술을 한 번 훔치며 옷을 벗기 시작했다.

 여인은 그런 주명충을 멍한 눈빛으로 쳐다볼 뿐이었다.

 옷을 다 벗은 주명충은 이불 안으로 기어 들어갔다.

 매우 아름다운 그녀의 나이는 많아야 방년(芳年), 주명충의 나이는 최소한 지명(知命), 분명 정상적인 사이는 아니었다.

"내가 너를 데려오려고 얼마나 큰돈을 썼는지 아느냐?"

 주명충은 그녀를 안으며 물었다. 하지만 그녀는 여전히 멍한 눈으로 그를 쳐다볼 뿐 아무 말도 하지 않았다.

"너 진짜 대답하지 않을 거냐!"

갑자기 주명충은 대로한 듯 소리를 쳤다. 방금까지 미소를 지으며 부드럽게 말하던 자의 너무 급작스러운 변화에 여인의 표정은 공포로 일그러졌다.

벌떡 일어선 주명충의 주먹이 여인의 가슴에 작렬했다.

여인은 고통을 참기 어려운 듯 피가 날 정도로 입술을 꽉 물었지만 비명도 지르지 않았고 전혀 피하지도 않았다.

"이년아! 말을 해! 말을!"

주명충은 그녀의 그런 모습이 더욱 화가 나는지 마구 때리기 시작했다.

주먹을 휘두르던 주명충은 뭔가 서늘한 느낌에 두 팔을 들었다. 그리고 곧 눈이 동그래졌다.

팔목에서 그의 손이 사라졌기 때문이었다.

'이, 이, 이게……'

어리둥절한 표정을 짓던 그는 그제야 고통이 밀려들며 피가 분수처럼 솟아오르자 비명을 지르며 침상에서 굴러 떨어졌다.

"으아아악!"

고통을 견디지 못하고 바닥을 떼굴떼굴 구르던 그의 입에서 또다시 처절한 비명이 터져 나왔다.

뿌지직!

"아아악!"

그의 발목을 누군가가 밟으면서 뼈가 산산조각 난 것이다.

"너 같은 놈이 가장 나쁜 놈들이야. 어떻게 여인을 그렇게 때리냐?"

"누, 누, 누……."

"누구냐고?"

"그, 그, 그……."

"알 필요 없다."

빠지직!

"컥컥컥! 허헉!"

가슴을 밟힌 주명충은 갈비뼈가 부러지자 고통을 참지 못하고 숨 넘어가는 소리를 토해 냈다.

여인의 몸을 이불로 가려 준 진무성은 그녀의 수혈을 찍어 잠을 자게 만들었다. 고통을 줄여 주기 위해서였다.

"너, 이 서류 기억나지?"

너무 큰 고통에 기절이라도 했으면 좋겠는데 신기할 정도로 그의 정신은 더욱 또렷했다.

서류는 연비주단의 소유권에 대한 서류였다.

"아, 압니다."

"소유권을 바꿔야 하는데 네놈의 직인이 필요하더구

나. 직인 어디 있냐?"

"그, 그건…… 아아아아악!"

진무성의 손이 그의 몸 여러 곳을 짚었다. 분근착골이었다.

그의 두 눈은 뻘겋게 변했다. 이미 온몸이 다 부서진 상황에서 이어진 분근착골은 실로 지옥의 형벌보다 더 고통스러웠다.

"너한테 묻고 싶지도 않다. 그냥 아파해라."

진무성은 그를 그대로 둔 채, 사방을 살피기 시작했다. 그리고 곧 직인을 발견했다.

"양홍이 너 같은 놈을 이곳의 책임자로 삼고 소유권을 옮길 때 너의 직인이 필요하도록 한 것은 암흑무림 때문인 것 같은데. 네가 연락하는 놈은 어디 있냐?"

벙긋 벙긋-

주명충은 뭐라고 답을 할 것처럼 입을 벌렸지만 목소리는 나오지 않았다.

"말하기 싫구나. 그럼 벌을 줘야지."

진무성은 사정없이 그의 종아리를 밟아 비틀었다. 주명충은 고통을 견디지 못한 듯 입을 커다랗게 벌렸다.

"쯧! 쯧! 아혈을 안 풀어 줬구나. 아혈을 풀어 주면 즉답해라 머뭇거리면 다른 쪽 다리까지 밟을 거니까."

진무성은 싸늘한 표정을 지으며 아혈을 풀어 주었다.

"너랑 연락하는 암흑무림의 접선 장소가 어디냐?"
"악양 외곽에 가면……."
주명충은 버티지 못하고 그대로 불고 말았다.
"네놈을 죽였으면 좋겠지만 그건 너무 편한 죽음이 될 것 같아서 좀 더 고통을 받아야겠다."
진무성은 다시 아혈을 짚고는 이불에 여인을 감고는 조심스럽게 안았다.
주명충은 그대로 사라지는 진무성을 보며 절망 섞인 표정을 지었다. 그냥 가면 지금 그의 고통은 어쩌란 말인가…….

* * *

여인을 안고 진무성이 찾아간 곳은 설화영의 명을 따르는 의숙이었다.
진무성이 나타나자 의숙의 주인은 황급히 달려오더니 그의 앞에 넙죽 엎드렸다.
"진 대인을 뵙습니다."
"미안합니다. 급한 일이 생겨서 연락도 못하고 찾아왔습니다."
"어찌 그런 말을 하십니까? 언제든지 찾아오셔도 됩니다. 그 여인 때문에 오셨습니까?"

"많은 고초를 당한 것 같습니다. 몸의 상처도 문제지만 정신적으로도 큰 상처를 입은 것 같습니다."

"걱정 마십시오. 제가 잘 치료한 후 아가씨께 보내겠습니다."

"그럼 부탁하겠습니다."

여인을 맡긴 진무성은 주명충에게 들은 암흑무림의 거처로 향했다.

그의 얼굴에는 분노가 가득했다.

여인의 모습에서 진소추가 당했을 고통을 절절히 느낄 수 있었기 때문이었다.

'암흑무림…… 네놈들도 용서치 않을 것이야.'

중얼거리는 진무성의 눈동자는 붉게 변해 있었다. 그것은 마치 흐르는 피와 같은 붉은색이었다.

9장

　악양 외곽에 자리 잡은 만물장은 대단히 유명한 곳이었다. 길에서 주은 물건부터 훔친 물건, 심지어 쓰레기조차도 가치만 있다면 출처를 묻지 않고 사 주는 곳이라고 소문이 난 장소이기 때문이었다.
　그 때문에 그곳은 온갖 종류의 물건을 팔기 위해 온 사람들로 하루 종일 붐볐다.
　"오늘은 괜찮은 물건이 좀 있더냐?"
　붓을 들고 장부에 뭔가를 기입하던 만물장 장주 장길용은 총관이 들어오자 고개를 들며 물었다.
　"요즘 쓸 만한 물건이 별로 안 들어옵니다. 아무래도 무림인들의 움직임이 심상치 않다 보니까, 수집상들의 행동에 제약이 되는 것 같습니다."

"오늘은 이만 문을 닫거라."
"예."
"그리고 손님들은 잘 계시냐?"
"모두 빈청에 모셨습니다."
"내일 더 오신다고 했다. 식사와 잠자리 준비에 만전을 기울이거라."
"알겠습니다. 그런데 몇 분이나 더 오시는지요?"
"오십 명은 더 오실 것이다."
 총관은 생각 외로 수가 많다고 생각했던 듯, 살짝 놀란 표정을 지었지만 곧 허리를 숙이며 답했다.
"준비하겠습니다."

* * *

"자자! 오늘은 이만 문을 닫습니다."
 만물장을 경비하는 창원홍과 수하들은 사람들에게 축객령을 내리기 시작했다.
 불만을 몇 명이 터트리기는 했지만 덩치들의 흉악한 모습에 밖으로 나갈 수밖에 없었다.
 '저놈은 뭐야?'
 손님들을 모두 내보낸 창원홍은 정문에 떡 하니 서서 팔짱을 끼고 있는 한 청년을 보자 인상을 쓰며 그에게 다가갔다.

"오늘 영업 끝났습니다. 이만 나가 주시지요."

진무성은 그의 말을 무시하는 듯, 아무 말 없이 주위를 둘러보았다.

대단히 큰 마당에 산처럼 쌓여 있는 쇠 조각과 여러 폐품들, 그리고 다른 쪽에는 도자기와 족자 등이 널려 있었다.

진무성은 창원홍을 손으로 밀어 버리며 안으로 걸어 들어갔다.

"저놈이 미쳤나? 야! 거기 못 서."

그의 호통과 함께 곳곳에서 덩치들이 손에 온갖 흉측한 무기들을 들고 나타났다.

그리고 그들은 진무성의 앞을 가로막았다.

"어차피 다 죽을 거다. 먼저 나서서 일찍 지옥으로 가는 우를 범하지 말거라."

"이 자식이 상황 파악이 안 되나? 여기가 감히 어딘 줄 알고!"

중앙에 서 있던 덩치 하나가 진무성 앞으로 다가오며 손에 든 쇠막대를 흔들었다.

날카로운 무기는 아니었지만 정통으로 맞는다면 즉사를 할 정도로 단단함과 무게를 가지고 있는 둔기였다.

덩치를 보는 진무성의 눈동자 색이 순간적으로 바뀌자

덩치는 주춤 뒤로 물러섰다.

"이, 이놈 좀 이상합니다."

덩치가 외치자 창원홍은 '미친놈!' 하는 표정을 짓더니 소리쳤다.

"이상하긴 뭐가 이상해! 당장 때려잡아라!"

그의 외침과 함께 진무성에 다가간 덩치들은 신음 소리도 내지 못하고 앞으로 엎어지기 시작했다.

그것도 잠시, 그들의 목에 뚫린 구멍에서 흘러 나온 피로 땅이 물들었다.

"죽여라!"

그제야 진무성이 뭔가 이유를 가지고 나가지 않았다고 판단한 창원홍이 얼굴이 하얗게 변하며 소리쳤다.

그의 외침과 함께 곳곳에 덩치들이 쏟아져 나왔다. 마치 기습 같은 것을 대비한 듯 그들의 등장은 일사불란했다.

나타난 자들이 모두 무공을 지니고 있다는 것은 만물장이 일개 고물상은 아님을 여실히 보여 주고 있었다.

하지만 진무성은 고작 일, 이류급의 무공 수준을 지닌 자들이 수적으로 우수하다고 막을 수 있는 수준이 아니었다.

"이, 이……."

얼굴이 사색으로 변한 창원홍은 급히 안으로 뛰어 들어

갔다. 달려든 수십 명의 수하들은 이미 다 죽은 뒤였다.
 진무성은 창원홍이 사라진 방향으로 뚜벅뚜벅 걸어 들어갔다.

* * *

"다 죽다니 그게 무슨 말이냐!"
 장길용은 사색이 되어 뛰어 들어온 총관의 보고를 듣자 벌떡 일어섰다.
 "모르겠습니다. 정체를 알 수 없는 자가 나타났는데 이유도 없이 덤비는 족족 수하들을 죽이고 있다고 합니다. 지금 창원홍에게 손님들께 도움을 청하라고 보냈습니다."
 "도대체 어떤 놈이! 나가자!"
 장길용은 옆에 있는 검을 잡고는 밖으로 나갔다.
 이미 밖에는 만물장의 수하들이 무기를 들고 모이고 있었다.

* * *

'이것 봐라?'
 쌓여 있는 폐품들 사이를 걷던 진무성의 눈에 이채가

나타났다.

 예상보다 너무 많은 사람들이 느껴졌기 때문이었다. 더욱이 무공 수준이 입구를 지키던 자들과는 달리 대단히 높았다.

 진무성의 눈동자가 다시 혈안으로 변하기 시작했다. 암흑무림에서 나온 자들이 틀림없다는 생각이 들었기 때문이었다.

 '잘됐군. 어떻게 경고하나 고심했는데 확실하게 할 수 있겠군.'

 안으로 더 들어가자 지금까지와는 다르게 조경이 잘 된 정원이 나타났다. 그리고 그 뒤에는 커다란 전각 여러 개가 세워져 있었다.

 진무성이 천천히 전각 쪽으로 다가가자 수십 명의 무인들이 전각 안에서 튀어나왔다.

 가장 앞에 선 유명전의 영주인 유성귀혼은 진무성을 보자 비소를 날리며 물었다.

 "혼자 온 거냐?"

 "혼자 오지 그럼, 너희들 같이 떼거리로 몰려 다닐 줄 알았냐?"

 "죽으려고 작정을 했구나? 하필 우리가 있을 때 나타나다니 참 운도 없는 놈이군."

 "암흑무림에서 온 놈들이냐? 너희들이야말로 정말 운

이 없구나."

유성귀혼은 암흑무림이라는 말을 듣자 검미를 찌푸렸다. 자신들이 암흑무림에서 왔다는 것을 아는 것도 말이 안 되지만 겁을 내지 않는 것이 더욱 이상했다.

"죽여라!"

기이함을 느낀 유성귀혼이 그대로 공격 명령을 내렸다.

하지만 진무성의 움직임이 더 빨랐다. 어느새 그의 손에 나타난 창은 무차별로 유명전의 요원들을 찔렀다.

어찌나 빠른지 절정 고수인 유성귀혼은 눈으로도 창의 움직임을 따라갈 수 없을 정도였다.

얼굴을 실룩거리던 유성귀혼의 눈이 갑자기 커다래졌다.

갑자기 진무성이 손에 쥐어진 창이 확 들어왔기 때문이었다.

'창? 설마 광룡문과 야차귀도가 이끌던 혈사련의 무력대를 죽였다는 창을 쓴다는 정체불명의 흉수?'

유성귀혼은 자신들이 대물을 잡았다는 생각이 들자 회심의 미소를 지었다. 그는 자신이 진무성을 잡을 수 있다고 생각한 것이다.

그가 인생 최악의 판단 실수를 했음을 깨닫는 데는 채 일각도 걸리지 않았다.

본노에 가득찬 진무성은 손속에 조금의 자비도 보이지 않았기 때문이었다.

* * *

다음 날…….

만물장의 혈겁은 또다시 악양 전체를 경악에 빠지게 만들었다.

죽은 자들이 무려 이백 명, 더욱이 그들의 몸에 난 상처가 정파를 놀라게 했다.

"또 창입니다. 상처를 살핀 의개 말로는 그동안 우리가 찾던 자가 남긴 창상과 똑같다고 합니다. 도대체 이자가 원하는 것이 무엇이기에 이렇게 사방에 혈겁을 일으키는 것일까요?"

독행개가 소름이 끼친다는 듯 말하자, 황보진웅이 말을 받았다.

"이자를 빨리 찾지 못하면 무림이 완전히 혼란에 빠지게 될 것입니다."

"이렇게까지 단서를 찾지 못할 수가 있을까요? 제 생각에는 그를 돕는 자들이 있지 않고서는 불가능하다고 생각합니다."

제갈태운 역시 어이가 없다는 듯이 말했다.

사방에서 혈겁을 일으키는데 무림맹과 개방 그리고 제갈세가까지 합동으로 조사하면서도 조금의 단서조차 찾지를 못하는 상황은, 그를 숨겨 주는 제법 큰 세력이 있어야만 가능하다는 것이 그의 판단이었다.

"그런데 오늘 발견한 시신들 중 유성귀혼이 있다고 하던데 사실입니까?"

황보진웅의 질문에 독행개가 고개를 끄더였다.

"맞습니다. 그는 암흑무림의 무력대의 영주라고 알려져 있습니다."

"암흑무림은 지하세계를 벗어나지 않기로 약속을 했지 않습니까? 그런데 어찌 악양에 그렇게 대대적으로 무인들을 보냈을까요? 잘못하면 본 맹과 전쟁이 날 수도 있음을 모르고 그랬을까요?"

"암흑무림에서 그랬다면 이유가 있을 게다."

누군가의 목소리가 들리자 고개를 돌린 모두는 급히 자리에서 일어났다.

제갈장청이 나타났기 때문이었다.

"장로님!"

"노 선배님께 인사드립니다."

"모두 앉게."

독행개와 황보진웅이 포권을 하자 제갈진청은 모두에게 앉으라고 손짓을 하며 자리에 앉았다.

"내일 오신다고 들었습니다."

"상황이 좀 급박한 것 같아서 빨리 왔다."

"만물장 소식은 들으셨습니까?"

독행개의 질문에 그는 고개를 끄덕였다.

"들었네."

"그래서 지금 악양 전체가 비상입니다. 모든 정보망을 동원해 그를 찾고 있습니다."

"그를 찾는 것을 멈추었으면 한다는 것이 가주님의 전언이네."

"예에?"

"이, 이유가 뭡니까?"

모두가 깜짝 놀라 반문했다.

"그것까지는 알 필요 없고, 무림맹에는 가주님께서 직접 친필서신을 보내셨네. 맹주님께서 어떤 결정을 하실지 두고 본 후에 다시 조사를 시작하게."

셋의 얼굴에는 의아함이 가득했다.

지금 창을 쓴다는 자가 죽인 사람의 수가 거의 사백 명에 달했다.

무림의 대마두가 평생 저지를 살인보다 고작 그가 한 달여 동안 벌인 살인이 더 많았다. 그것은 정파(政派)를 떠나 정파(正派)라면 그냥 두고볼 수 없는 사안이었다.

그런데 조사를 멈추라니…….

방 안은 어색한 침묵이 천천히 흐르기 시작했다.

* * *

"으드득!"

후발진으로 만물장에 도착한 암흑무림의 영주인 장발귀마는 개방과 제갈세가의 무인들이 가득한 것을 보고는 우선 후퇴를 했다.

그리고 유성귀혼이 죽었다는 소식을 받자 이를 바드득! 갈았다. 그와 유성귀혼 같은 유명전의 영주로서 상당히 친한 사이였다.

"범인이 누군지는 알아냈느냐?"

"창을 쓴다는 놈입니다."

"그놈이 왜 본 무림을 건드려!"

"지금 정파에서도 이유를 몰라 비상이 걸린 상황입니다. 도대체 이놈이 저지르는 사건은 도대체 연관성을 찾을 수가 없습니다."

분노를 참기위해 이를 갈고 주먹을 꽉 쥐었던 그는 조금씩 이성을 찾는 듯 한숨을 내쉬었다.

"유성귀혼이 이끄는 무력대에 장길용의 수하들까지 모두 죽었다면 우리 역시 그놈을 상대할 수는 없다. 총림에 빨리 보고를 해라. 원군이 필요하다."

말하는 장발귀마의 눈에서는 살기가 줄쭐 뿜어져 나오고 있었다.

* * *

[주군, 악양을 잠시 떠나는 것이 어떻겠습니까?]
[무슨 일이 있느냐?]
주루의 이 층에서 천천히 식사를 하던 진무성은 주성택의 전음을 받자 미소를 지으며 말했다.
그의 표정은 조금도 변함이 없었다. 어제 혈겁을 일으킨 사람이라고는 전혀 보이지 않았다.
[지금 악양 전체가 주군을 찾기 위해 눈에 불을 켜고 사방을 뒤지고 있습니다.]
[아무리 불을 켜고 찾아도 어두운 곳은 있기 마련이다. 너희는 걱정 말고 양홍과 서중만이나 잘 감시해라. 아직 끝내지 못한 일이 많다.]
[……알겠습니다. 그들은 걱정 마십시오. 아우들이 완벽하게 감시하고 있습니다.]
고개를 끄덕인 진무성은 창밖으로 시선을 돌렸다.
그리고 누군가를 찾는 듯 사방을 두리번거리는 수상한 자들을 주시하며 회심의 미소를 지었다.

* * *

 악양에 도착한 태행일괴는 만물장에서 일어난 사건에 대해 보고를 받고 살짝 놀란 눈으로 혈화귀연을 쳐다보았다.

 그녀의 말대로 창을 쓰는 자가 악양에 있다는 것이 맞았기 때문이었다.

 "제 말이 맞았지요? 그러니까 이제 떨떠름한 표정 더 이상 짓지 마요!"

 "우연히 맞았을 수도 있지! 그럼 그놈이 어디에 있을 것 같은지 맞춰 봐라."

 "제가 무슨 점쟁이인 줄 알아요? 이제부터는 오라버니가 찾아야지요. 그런데 유성귀혼의 시신이 발견되었다고 하던데, 유성귀혼하고 오라버니하고 누가 더 강해요?"

 "지금 나랑 유성귀혼 따위와 비교하는 거냐? 그놈은 내 상대가 안 된다."

 태행일괴는 자신만만하게 큰소리쳤지만 사실 둘의 실력은 막상막하로 알려져 있었다.

 "어쨌든 지금 찾는다 해도 우리 전력으로는 오히려 그자에게 당할 수도 있어요. 련에 연락해서 사람을 더 보내 달라고 하세요."

 "……아직 만나 보지도 않았는데 원군부터 청하면 우

리 꼴이 어떻게 되겠냐?"

"오라버니가 왜 매력이 없는지 아세요? 우선 얼굴도 내 취향이 아니지만 머리가 너무 나빠요. 우리 꼴이 어떻게 되냐니? 지금 목숨 가지고 모험할 생각이에요?"

"너도 내 취향은 아니었어!"

"그래서 밤에 내 방에 뛰어들었다가 도망을 가요? 내가 련주님께 말했으면 오라버니는 이미 죽었어요."

"내가 언제 네 방에 들어갔다는 거냐!"

"제가 오라버니 때문에 그때 얼마나 쪽팔렸는지 알아요? 더 이상 말 안 할게요. 당장 원군부터 불러요."

그녀의 말에 태행일괴의 표정이 일그러졌다. 하지만 결국 수하를 보며 말했다.

"단주님께 원군이 필요하다고 전서를 보내라."

"알겠습니다."

악양이 점점 무림의 각축장으로 변해 가고 있었다.

* * *

"진 대인께 인사드립니다."

"예 총관, 오셨습니까?"

예설평의 방문을 받은 진무성은 미소를 지으며 반겼다.

"한 번에 알아보시는 것을 보니 변장이 잘 안 된 모양입니다."

예설평의 모습은 매번 만날 때마다 달랐다. 진무성과의 만남을 숨기기 위해서였다.

하지만 진무성은 그를 볼 때마다 단번에 알아보았다.

"변장은 잘되셨습니다. 하지만 선천적인 사람의 기까지 변화시키기는 어렵지요. 여기까지 오시라고 해서 죄송합니다."

"아닙니다. 어차피 진 대인께 보고드릴 일도 있었습니다."

"무슨 보고인지 먼저 들어 보지요."

"예, 어제 황도 경비대에 진 대인께서 말씀하셨던 깃발이 삼 일간 걸렸다가 내려갔다는 보고가 들어왔습니다."

'장군님께서 힘든 결정을 해 주셨구나……'

양기율의 성정을 잘 아는 진무성으로서는 그가 매우 힘든 결정을 했음을 알고 있었다.

"감사합니다. 제게 아주 중요한 연락이었습니다."

"다행입니다. 분부하실 일은 무엇인지요?"

진무성이 예설평에게 방문해 주기를 원한 것은 이번이 처음이었다.

"이것을 아가씨께 전해 주시고, 대신 경영할 분들을 준비해 주십시오."

진무성은 양홍에게 빼앗은 재물과 서류들을 내려 놓으며 상황을 설명했다.

 진무성이 건넨 서류와 전표 등을 살핀 예설평의 눈은 놀라움으로 휘둥그레졌다.

 상상할 수 없는 거액이었기 때문이었다.

 "이렇게 엄청난 거액을 어떻게?"

 "나쁜 놈들이 나쁜 짓을 해서 벌어들인 돈이니 제가 가진다고 해서 큰 죄는 아니겠지요?"

 "나쁜 놈들이면 어디를 말씀하시는지요?"

 "암흑무림입니다."

 예설평의 표정이 심각하게 굳었다. 그가 아는 암흑무림은 정말 지독할 정도로 집요하고 잔인한 자들이었다. 특히 돈이 관련이 되면 그들의 잔인함은 누구도 감당하기 어려웠기 때문이었다.

 "그들이 연관이 되었다면 소유권을 옮겼다고 끝낼 자들이 아닙니다. 잘못하면 많은 사람이 죽을 것입니다."

 "그 정도도 생각 안 하고 하고 일을 벌였겠습니까? 경영할 분들이 다치는 일은 없게 해야지요."

 "그럼 이 전표들은 어떻게 할까요?"

 "아가씨께서 알아서 하시겠지요. 누구보다도 현명하신 분 아닙니까?"

 "하긴 태평상단 역시 아가씨께서 다 일구신 것이나 마

찬가지지요."

그의 말에 진무성의 뇌리에 미소를 짓고 있는 설화영의 얼굴이 잠시 스쳐갔다.

"그럼 가 보십시오. 아무래도 이제부터 저도 많이 바빠질 것 같습니다."

예설평이 나가자 진무성은 눈을 감았다. 그리고 암흑의 공간으로 들어갔다.

암흑의 공간에 들어가면 짧은 시간 안에 긴 생각을 할 수 있기 때문이었다.

그는 며칠간, 주루에서 밖을 보며 돌아다니는 자들의 기를 기억에 담았다. 이제 그 기를 세분해서 죽일 자와 죽이지 않을 자를 구분할 생각이었다.

* * *

"오랜만입니다. 구룡 선배님."

제갈장청은 구룡신개를 보자 반갑게 포권을 했다.

구령신개도 반갑게 포권을 하며 자리에 앉았다.

"제갈 대협께서 직접 움직이신 것을 보니 제갈세가에서 이번 일을 대단히 엄중하게 생각하시나 봅니다."

"엄중 정도가 아니라 매우 위험하다는 것이 가주님의 판단입니다. 그래서 무림맹에도 가주님의 생각을 전하신 것이고요."

"저도 오면서 얘기를 들었습니다. 맹주님께서도 맹주단만을 불러 의견 교환을 하셨다고 하더군요. 그렇다는 건, 무슨 일이신지 제게는 알려 주시지 못하겠지요?"

"맹의 결정을 보고 말씀드릴 수 있을 것 같습니다. 조금만 기다려 주십시오."

"알겠습니다. 그래도 그 창을 사용하는 자에 대한 조사를 잠시 멈추라고 하신 것에 대한 이유는 설명해 주실 수 있겠지요?"

제갈장청은 친분이 각별한 구룡신개의 말에 미안한 표정을 지으며 화제를 살짝 돌렸다.

"지금 악양에 심상치 않은 일들이 벌어지고 있다는 것은 들으셨지요?"

"혈사련이야 당연히 움직일 것을 예상했지만 의아한 게 왜 암흑무림까지 나타났는지 이유를 모르겠습니다."

"구룡 선배님, 그 창을 사용하는 자들에게 죽은 자 중 정체를 전혀 알 수 없는 자들이 있었다는 것은 아십니까?"

구룡신개도 동의한다는 듯 고개를 끄덕였다. 사실 개방에서도 밀지를 운반하던 제자들을 공격한 자들과 남궁세가의 제자들을 공격한 자들의 정체를 알아내기 위해 아직도 조사하고 있었기 때문이었다.

"본 방에서도 그들에 대해 심각하게 생각하고 사방을 조사하고 있지만 아직 그들이 누구인지 알아내지 못했습니다. 아무래도 정파에서 모르는 암중 세력이 있는 것 같다는 생각을 지우지 못하고 있습니다."

'어쩌면 그의 말이 다 맞을지도 모르겠구나……'

구룡신개의 말에 제갈장청은 진무성이 생각났다.

"아마도 곧 더 많은 살육이 이어질 것 같습니다."

제갈장청의 말에 구룡신개의 눈에 이채가 나타났다.

짐작이 아니라 확신을 말하는 것 같다는 느낌이 들어서였다.

* * *

"주 영주, 내가 말한 대로 준비는 됐나?"

진무성의 질문에 주성택이 급히 답했다.

"예! 준비는 문제 없이 잘 되고 있습니다. 다만 예상보다 수가 많습니다. 돈이 좀 많이 들 것 같은데……"

"돈은 걱정 말고 최대한 믿을 수 있는 분들로 모아라."

"알겠습니다. 주군께서 만족할 만한 정보망을 구축해 보겠습니다."

주성택이 나가자 진무성은 깨끗한 옷으로 갈아입고 머리에는 학사모를 썼다.

'이제 청소를 시작해 볼까.'

밖으로 나가는 진무성의 눈동자가 휙 돌면서 혈안이 나타났다가 다시 흑안으로 변했다.

* * *

악양 중심가의 주루 이 층.

창밖을 보며 오가는 사람들을 주시하는 장백의 머리는 복잡했다.

장백은 대무신가의 술사로서 점술과 천기 게다가 관상까지 볼 수 있는 능력을 가진 자였다.

누구라도 그가 추격을 시작해서 못 잡는 자들이 없었다. 그런데 설화영은 십 년을 쫓았지만 여전히 잡지 못하고 있었다.

그로서는 일생일대의 오점이라고 할 수 있었다.

하지만 그래도 설화영에 대해 어느 정도의 추측은 할 수 있었다. 그 덕에 간발의 차이로 놓친 적도 몇 번 있었다.

그런데 진무성은 전혀 예측이 되지 않았다.

심지어 악양에 도착했음에도 조금도 느껴지는 것이 없었다.

'도대체 어떤 놈인지 얼굴이라도 좀 보고 싶군…….'

앞에 놓인 술잔을 입으로 가져가던 장백의 눈에 이채가 나타났다.

어디선가 여인들의 비명소리가 들렸기 때문이었다.

* * *

길을 걷던 행인 중 여인들의 비명이 터져 나오고 사람들은 겁에 질린 표정으로 사방으로 물러났다.

행인 중 한 명이 갑자기 목을 잡으며 고꾸라졌기 때문이었다.

몇몇 용감한 자들이 넘어진 자의 옆으로 도움을 주기 위해 다가왔지만 누구도 쓰러진 자의 몸에 손을 댈 생각을 하지 못했다.

그냥 쓰러진 것이 아니라 피가 질펀하게 흙을 물들였기 때문이었다.

하지만 그것은 시작에 불과했다.

갑자기 사방에서 비명이 잇따라 들리기 시작했다.

[무슨 일이냐?]

이곳저곳을 살피며 거리를 걷던 유상문은 비명 소리가 계속 들리자 가까이에 있던 수하에게 전음을 날렸다.

하지만 들려온 것은 대답이 아니라 여인들의 비명 소리였다.

섬뜩한 느낌에 비명 소리가 난 곳으로 급히 가던 그는 눈이 커졌다. 무엇인가 그의 목에 들어왔다 나갔다는 것을 느꼈기 때문이었다.

 그는 비명도 지를 수 없었다. 설골과 성대가 동시에 부서졌기 때문이었다.

 상당한 고수였던 그는 믿을 수 없다는 듯 눈을 부릅뜨고는 그대로 엎어졌다. 그리고 여인들의 비명이 뒤를 이었다.

* * *

 하루 사이에 죽은 자들이 무려 이백여 명.

 악양은 완전히 유령거리로 변해 버렸다. 양민들은 모두 집 안에서 나오지 않았고 관 역시 비상이 걸렸지만 포두들조차 겁먹은 탓에 제대로 순찰을 하지 않았다.

 오가는 사람들은 모두 무기를 든 무림인들뿐이었다.

 "전 귀신을 믿어 본 적이 없는데 이자를 보면 진짜 귀신이 있는 것은 아닌가 하는 생각이 들 정도입니다."

 황보진웅의 말에 독행개 역시 공포스럽다는 표정으로 답했다.

 "죽은 자들이 하나같이 목에 창상을 입었습니다. 하지만 창을 들고 다닌 사람은 아무도 보지 못했다고 합니다.

이게 가능한 일일까요?"

수백 명의 행인들 사이에서 일어난 무차별적인 살인. 하지만 목격자는 한 명도 없었다. 심지어 무림맹의 무사 옆에서 죽은 자도 있었다.

"그런데 죽은 자들이 모두 상당한 무공을 지닌 무림인이라는 것은 들으셨습니까?"

"예, 왜 무림인들이 변복하고 악양을 거닐다 죽었을까요?"

"제 생각에 창을 사용한다는 그자를 추격하는 자들이 오히려 당한 것이 아닌가 싶습니다."

"본 방의 조사에 의하면 죽은 자들이 혈사련은 물론 암흑무림까지 다양한 사파인들로 밝혀졌습니다. 다행히 양민들 중에 죽은 사람은 한 명도 없다는 것이지요."

"그렇다 해도 이런 식의 살상은 천하를 혼란에 빠뜨일 수도 있는 큰 범죄입니다. 무림인이라면 무림인 방식으로 싸워야지요."

설왕설래하는 그들의 대화를 모두 듣고 있는 사람이 있을 줄은 그들은 전혀 모르고 있었다.

멀리서 붉은 안광이 밝게 빛나고 있었다.

10장

"왔어? 빨리 왔구나."

유명전 영주인 음산귀조를 본 장발귀마는 반가이 맞이했다. 도움을 요청한 지 이틀 만에 도착했다는 사실은 정말 쉬지 않고 달려왔다는 의미이기 때문이었다.

"전주님께서 대단히 노하셨다. 유성귀혼이 죽었다니 도대체 무슨 일이 있었던 거냐?"

"정체불명의 창을 쓰는 놈이 만물장을 피로 씻어 버렸다. 장길용을 비롯한 유성귀혼과 그가 이끄는 유명대가 모조리 다 죽었다. 그런데 문제는 그게 다가 아니다."

"그 사이, 또 다른 일이 벌어졌다는 거냐?"

"지금 악양은 난리가 났다."

장발귀마는 이틀 전 악양에서 일어난 살인을 설명했다.

"이백여 명? 어떤 미친놈이 백주대낮에 그런 살인을 해?"

"전부 창에 의해 죽었다. 유성귀혼을 죽인 놈과 같은 놈이다."

"죽은 자들은 다 누구냐?"

장발귀마는 잠시 머뭇거리더니 곤혹스러운 표정으로 입을 열었다.

"내 수하들도 사십 명 죽었다. 혈사련 놈들도 최소한 칠십여 명 죽은 것 같다. 나머지 백 명 가까운 놈들의 정체는 아직 정확히 파악하지 못했다."

"그, 그게 무슨 말이야? 본 무림의 수하들도 죽었다는 말이냐?"

음산귀조의 눈이 동그래졌다.

그가 데려온 수하가 오십 명이었다.

그런데 사십 명이 죽었다면 원군을 데리고 온 보람이 사라진 것과 다름 없기 때문이었다.

대화를 나누던 둘의 표정이 동시에 굳어지며 문을 쳐다보았다.

"무슨 소리 들었지?"

"너도 들었냐?"

둘은 동시에 무기를 빼 들고는 문을 박차며 튀어 나갔다.

그들이 있는 곳은 악양 외곽의 작은 장원이었다. 암흑무림의 일종의 안가였다.

밖으로 나온 둘의 눈은 경악으로 커졌다.

음산귀조는 자신의 무기인 쌍조로 가슴과 얼굴을 방어하며 주위를 둘러보았다.

장발귀마 역시 대감도로 방어의 자세를 취했다.

"이, 이, 이게…… 말이 되나?"

주위는 완전히 피바다였다. 그들의 수하들은 모두 전멸한 듯 어디에도 생기가 보이지 않았다.

백대고수의 상위에 있는 고수라면 자신들의 수하 오륙십 명 정도는 죽일 수 있었다.

하지만 그들이 다 죽을 때까지 그들이 전혀 모르고 있었다는 사실이 전혀 말이 안 됐다.

이 상황이라면 십대고수 수준으로도 불가능할 지경이었다.

더욱이 음산귀조가 이곳에 도착한 것이 겨우 이각 전이었다. 그 짧은 시간에 이들을 다 죽일 수 있는 자가 천하에 몇 명이나 있을까……?

"저, 저, 저자……."

음산귀조의 눈이 한쪽으로 향했다.

커다란 덩치에 얼굴의 자상이 묘한 매력을 풍기고 있는 한 청년이 기이하게 생긴 창을 들고 서 있었다.

"네놈이냐?"

장발귀마는 도를 진무성에게 향하며 물었다.

진무성은 천천히 그들의 앞으로 다가가며 말했다.

"왜, 내가 아니었으면 좋겠냐?"

"네놈이 지금 누구를 건드린 것인지 아느냐!"

"네놈들이야말로 감히 나를 건드린 것이 얼마나 큰 실수인지 곧 알게 될 게다."

"본 무림이 네놈과 원한이 있다는 말이냐?"

"알 필요 없다. 분명한 것은 암흑무림은 내가 모조리 정리할 생각이란 점이다."

"미, 미친놈! 죽어라!"

음산귀조는 더 이상 견디지 못하고 진무성에게 달려들었다.

그의 쌍조는 빨랐고 초식은 괴랄했다.

챙! 챙!

하지만 그의 조는 진무성의 창에 너무나도 쉽게 막혔다.

'이놈들 무공은 왜 이렇게 익숙한 거야?'

진무성은 유성귀혼과 싸우면서 이상함을 느꼈었다. 그의 수법이 그가 아는 무공과 너무 흡사해서였다.

심지어 지금 상대하는 음산귀조의 공격 역시 그가 아는 무공 같았다.

의문은 들었지만 진무성에게는 나쁠 것이 없었다.

무림인끼리 생사결을 펼치면서 상대의 수법을 안다는 것은 매우 유리하게 싸울 수 있기 때문이었다.

심지어 그 무공의 이해가 사용하는 자보다 더 해박하다면, 더하여 무공까지 강하다면 그것은 치명적인 결점이 될 수밖에 없었다.

음산귀조는 자신의 공격이 너무나도 간단하게 무산되자 급히 뒤로 물러서며 장발귀마에게 전음을 날렸다.

[장발귀마! 합공해야겠다.]

전음을 들은 장발귀마는 곧장 몸을 날렸다.

타타탕!

하지만 그의 대감도 역시 진무성은 간단한 움직임으로 막아버렸다.

[음산귀조, 저놈 얼굴 확실하게 기억할 수 있겠냐?]

[절대로 안 잊는다!]

[그럼 넌 도망쳐라. 우리로서는 상대할 수 없는 자다. 너라도 도망가서 저놈이 정체를 지존께 알려라.]

장발귀마의 전음을 들은 음산귀조는 진무성의 얼굴을 다시 한번 노려보더니 몸을 날렸다.

그가 몸을 날리고 삼 초도 지나지 않아 장발귀마의 심장에는 진무성의 창이 파고 들었다.

'내, 내가 삼 초도 버티지 못하다니⋯⋯.'

장발귀마는 너무 허무하게 자신이 당한 것이 믿기지 않았지만 더 이상 생각이 이어지지 않았다.

장발귀마가 쓰러지자 진무성은 음산귀조가 사라진 방향을 슬쩍 보았다. 그의 얼굴에는 비소가 나타났다.

'도대체 저런 괴물 같은 놈을 키운 문파가 어디야?'

전력을 다해 도망을 치는 음산귀조는 그의 쌍조를 창을 살짝 흔드는 정도로 모두 막아 버린 진무성의 창술이 지금도 믿기지 않았다.

휘이이이잉!

음산귀조는 공기를 가르는 섬뜩한 파공음에 자신도 모르게 고개를 돌렸다.

"커어억!"

순간 그의 목에서 돼지 멱따는 소리가 터져 나왔다. 전광석화 같은 속도로 날아온 창이 그의 등을 그대로 뚫어 버린 것이다.

"내게서 도망을 치는 것이 얼마나 어려운 일인지 이제 알겠지?"

어느새 그의 옆에 나타난 진무성은 고통에 몸을 부르르 떨고 있는 음산귀조의 목을 발로 밟았다.

"큭!"

초절정급의 마두였지만 목뼈가 박살 나자 그대로 즉사할 수밖에 없었다.

조화신창을 회수한 진무성은 다음 목표를 향해 사라졌다.

혈사련이나 대무신가의 추적자들은 자신들이 진무성을 쫓고 있다고 생각했지만 사실은 진무성이 그들을 쫓고 있다는 것은 모르고 있었다.

진무성이 악양거리를 돌아다니며 자신을 쫓는 자들을 죽인 것은 그들의 움직임을 파악해 그들을 지휘하는 자들까지 한 번에 정리할 생각을 했기 때문이었다.

적이 공격을 하기 전에 먼저 그들을 공격해 제압을 하는 것은 매우 중요한 병법 중 하나였다.

* * *

악양루에서 동정호로 향하는 길목에 있는 제법 규모가 큰 장원.

문 앞에는 여러 홍백의 기가 어지럽게 붙어 있었다. 무당의 거처인 신당(神堂)이라는 의미였다.

신을 섬기는 대신당에 앉은 장백의 표정은 딱딱하게 굳어 있었다.

"분명 그놈인 것 같으냐?"

"심증적으로는 가주님께서 말한 자가 분명하다고 봅니다. 하지만 이렇게까지 아무것도 안 보이다는 정말 이해가 안 갑니다."

대무신가의 신기(神氣)도 점(占)에도 전혀 보이지 않는 자는 그들도 처음 겪는 일이었다.

허굉의 말에 지가주인 약광수가 조심스럽게 입을 열었다.

"신령님께서도 전혀 알려 주시지 않습니다."

"허굉, 몇 명이나 죽었느냐?"

"정확히 구십이 명이 죽었습니다. 부상자조차 없었고 전혀 방어도 못 한 것으로 보아 자신이 죽는 것조차 모르고 죽었을 확률이 높습니다."

"본 가는 무림에 모습을 드러낸 적이 없었다. 그런데 그놈이 어떻게 본 가의 제자들을 그렇게 정확하게 죽일 수 있단 말이냐?"

"……이건 짐작입니다만 그놈이 이미 본 가에 대해 알고 있는 것이 아니었을까 하는 생각을 했습니다."

"본 가에 대해 안다 해도 그것이 제자들을 알아낼 수 있는 이유는 아니지 않느냐?"

"……."

장백의 반문에 모두는 입을 닫았다. 그들 역시 그것만은 알 수가 없었기 때문이었다.

그때 장백의 몸이 저절로 떨리기 시작했다. 심지어 피부에는 소름이 돋기 시작했다.

"이, 이게?"

"왜 그러십니까?"

허굉이 그의 변화를 즉각 감지하고 급히 물었다.

"이곳에 와서 신기가 전혀 작동을 하지 않았었다. 그런데 지금 갑자기 뭔가가 오고 있다."

장백의 말에 모두는 긴장한 표정으로 그를 쳐다보았다.

사공무경과는 비교할 수 없지만 장백 역시 대단한 술사라는 것을 알고 있는 그들이었다.

덜덜덜 떨던 장백의 얼굴이 창백하게 굳어졌다.

드디어 그의 신기가 작동을 했건만 떠오른 것은 오직 하나, 위험 신호였다.

"모두 이곳을 떠난다!"

장백은 급히 몸을 일으키며 말했다.

허굉과 약광수도 그의 말의 의미가 무엇을 뜻하는지 직감한 듯 급히 몸을 일으켰다.

하나, 곧 그들은 멈출 수밖에 없었다.

"아아악!"

"으악……!"

기다렸다는 듯이 밖에서 비명 소리가 연달아 들리기 시작했기 때문이었다.

"노사께서는 비밀 통로로 피하십시오. 저희가 최대한

막아 보겠습니다."

 허굉은 침입자가 자신들이 찾던 창을 쓰는 자라는 것을 직감했다.

 하지만 장백은 머리를 저었다.

 "틀렸다. 오늘 우리가 사는 것은 불가능할 것 같구나. 이렇게 된 이상 가주님께 그놈이 누구인지 알려 드려야겠다."

 말을 마친 장백이 자리에 정좌를 하고 앉더니 법문을 외기 시작했다.

 자신의 눈으로 본 것이 사공무경에게 전해지도록 하기 위한 천리통안술을 펼치기 위해서였다.

 허굉과 약광수는 장백에 공손히 절을 하고는 밖으로 달려나갔다.

 그들 역시 죽음을 피할 길이 없다는 것을 느낀 듯 결사적으로 싸워 보기라도 할 생각이었다.

 밖으로 나온 허굉은 예상보다 더 처참한 장원의 상태를 보며 얼굴을 구겼다.

 수하들이 사방에서 누군가를 향해 무기를 휘두르고 있었지만 적은 보이지 않았다.

 '이놈이 은신술까지 알고 있단 말인가?'

 회굉은 백주대낮에 그렇게 많은 살상이 일어났음에도 아무도 흥수를 발견하지 못한 이유를 알 것 같았다.

무공까지 월등한 상대가 살수법까지 알고 있다면 상대가 될 수 없음은 자명했다.

"으헉!"

무엇인가를 본 듯 무기를 휘두르며 몸을 날린 약광수가 단말마를 터뜨리며 앞으로 고꾸라졌다.

'지가주가 일 초를 못 버티다니⋯⋯ 도대체 이놈의 정체가 무엇이기에 이리 강하단 말인가?'

약광수와 그의 무공은 차이가 제법 컸지만 이렇듯 일 초 만에 죽일 수는 없었다.

허굉은 급히 다시 안으로 들어갔다.

"노사님, 이자 너무 강합니다. 컥!"

장백에게 조심하라는 경고를 하려고 했지만 그는 자신의 말을 끝내지 못하고 숨을 거두고 말았다.

드디어 모습을 드러낸 진무성의 창이 그의 심장을 뚫고 들어와 그대로 산산조각을 낸 것이다.

그 순간 천리통안술의 준비가 끝낸 장백의 눈이 부릅떠졌다.

그리고 그의 눈에서 신묘한 기운이 뿜어져 나왔다.

그 기운이 진무성을 보는 순간 그의 진면목은 그대로 사공무경에게 전해질 것이었다.

드디어 설화영이 그렇게 두려워하던 진무성의 정체가 사공무경에게 전해질 찰나!

진무성의 창이 장백의 두 눈을 그대로 뚫어 버렸다.

* * *

천기실에 앉아 수련을 하고 있던 사공무경의 얼굴이 급격하게 굳어지기 시작했다.
'천리통안술! 누가 천리통안술을 쓰는 거지?'
배교의 사술 중 최고의 술법으로 불리던 천리통안술은 대무신가에서도 펼칠 수 있는 사람이 제한적이었다.
더구나 천리통안술을 통해서 볼 수 있는 사람은 오직 사공무경 단 한 사람뿐이었다.
그만이 그것을 받아들일 수 있는 능력이 있기 때문이었다.
사공무경은 법문을 외기 시작했다.
그리고 곧 그것을 보낸 사람이 장백임을 알았다.
그의 눈이 떠졌다.
순간 그의 눈동자가 흔들렸다.
허굉이 창에 심장이 뚫리는 장면이 보였기 때문이었다.
그의 눈꺼풀이 바르르 떨렸다.
'저놈이 어떻게 조화신병을······.'
놀랍게도 사공무경은 아무도 모르는 조화신병에 대해

알고 있었다.

장백의 눈이 움직이며 진무성의 다리가 보였다.

'장백아, 고개를 들어라. 빨리 고개를 들어라.'

사공무경은 장백의 눈이 움직이자 긴장한 표정으로 염원했다. 평생 그가 이토록 긴장한 적은 없었다.

드디어 얼굴이 보일 순간!

"이익!"

쾅!

사공무경은 대로하여 바닥을 치며 일어섰다.

갑자기 모든 것이 사라졌기 때문이었다. 그것은 장백이 죽었음을 의미하는 것이었다.

"조 상로는 들어라!"

그가 대로했음을 직감한 조규환이 납하게 뛰어 들어왔다.

"장백과 허굉이 죽었다. 황룡단과 백룡단을 출동시킨다."

"이, 이개 단을 전부 말입니까?"

"장백이 죽었어! 지금 이놈을 죽이는 것이 무엇보다도 최우선임을 잊지 마라."

"알겠습니다."

"그리고 정운에게 당장 들어오라 해라."

"예!"

조규환이 나가자 사공무경은 자리에 앉았다. 조금 전 그토록 화가 났던 것이 무색하게 바로 상황을 정리하는 모습은 그가 대단한 심력을 지니고 있음을 방증하는 것이었다.

잠시 후, 문이 열리며 군사인 정운이 들어왔다.

"부름을 듣고 대령했사옵니다."

인사하는 정운을 보며 사공무경은 간단히 말했다.

"앉아라."

"예."

정운이 앉자 사공무경은 무겁게 다시 입을 열었다.

"창을 사용한다는 그놈의 무기는 창이 아니다. 창을 든 놈을 찾아 봐야 그놈을 찾을 수 없다는 말이다."

"창을 사용하지 않았다는 것이옵니까?"

"창은 사용한다. 하지만 무기가 창은 아니라는 말이다. 자세한 것은 알 것 없다. 혈사련과 암흑무림에 창이 아니라 한 치 정도 되는 쇠막대를 가지고 다니는 놈이 흉수라고 전해라. 막대는 겉으로 보기에는 별 쓸모없는 투박한 외양이지만 자세히 보면 아주 정교하게 용이 휘감고 있는 문양이 있을 거다."

정운의 눈이 살짝 커졌다.

지금 사공무경이 하는 말은 안개가 자욱한 백사장에서 바늘을 찾는 것 같았던 자들에게 엄청난 단서라고 할 수 있었다.

그런데 사공무경은 분명 길게 창으로 변화된 조화신병을 본 것뿐인데 어떻게 이렇게 자세히 알고 있는 것일까…….

"곧 모두에게 알리겠습니다."

정운이 나가자 사공무경은 눈을 감았다.

'조화신병을…… 그놈이 어떻게 가지고 있는 거지? 설마 그놈의 정체가 마교도일까? 아니야…… 그럴 리가 없어. 그럼 도대체 이놈은 뭐지?'

사공무경은 놀랍게도 마교에 대해서도 아주 잘 알고 있는 것 같았다.

그리고 그것은 그를 더욱더 미궁에 빠져들게 하고 있었다.

* * *

"암흑무림에서 왜 무림맹과의 약조를 어기고 악양에 무력대까지 투입했을까요?"

황보진웅의 말에 모두는 즉답을 하지 못했다. 암흑무림은 무림맹에 버금가는 초거대 문파였다.

그런 곳에서 백 명이 넘는 무력대를 이끌고 온 유성귀혼과 장발귀마가 모조리 전멸을 당했다. 악양거리에서 죽은 자들까지 합치면 거의 이백여 명에 달했다.

무림맹에서 약조를 들먹이며 그들을 압박한다면 불난 데 기름을 붓는 꼴이 되어 어디까지 불이 번질지 가늠할 수가 없었기 때문이었다.

"본 방의 첩보에 따르면 암흑무림과 삼원루 간의 거래가 있었던 것 같습니다."

결국 독행개가 조심스러운 표정으로 슬쩍 말했다.

첩보란 정보와 달라 사실로 밝혀지는 경우가 겨우 삼 할 정도에 불과했다. 하지만 삼원루의 혈겁과 암흑무림의 등장이 절묘하게 맞아떨어지고 있었으니 모두는 의구심을 가질 수밖에 없었다.

"삼원루의 주인인 양홍에 대해서는 알려진 것이 전혀 없다고 들었는데 아직도 정체를 모르는 겁니까?"

"엄청난 부자라는 것 외에는 아직 알려진 것이 없습니다."

"그를 먼저 찾는 것이 급선무일 것 같구나."

제갈장청의 말에 모두는 그를 쳐다보았다.

"왜 그렇게 생각하십니까?"

구룡신개가 물었다.

"그자가 이런 일을 벌이는 이유를 찾기 위해서입니다. 제 생각에 암흑무림과 삼원루 간 연관이 있다면 삼원루의 혈겁이 암흑무림에서 무력대를 보낸 이유가 성립되지 않겠습니까?"

"그럴 수도 있겠군요!"

제갈태운이 맞장구를 쳤다.

"그럼…… 신당에서 죽은 자들은 누구일까요? 의개들 말로는 그들의 무공이 암흑무림의 무력대보다 더 높았을 것 같다고 하더군요. 그럼에도 그들은 무림에서 전혀 알려지지 않은 자들이었습니다. 그리고 창귀는 왜 그자들을 죽였을까요?"

정파에서는 진무성에게 창귀라는 명호를 붙여 주었다. 창을 쓰는 귀신이라는 의미였다.

독행개의 말에 구룡신개가 다시 말했다.

"단서는 신당밖에 없다. 우선 그 신당에 대해서 철저하게 조사해 보거라. 주인은 누구고 그곳을 이용한 자들은 누구며, 친하게 지낸 자들이 있는지 등, 알아낼 수 있는 것은 모조리 조사하도록 해라."

"알겠습니다."

그때, 밖에서 부분타주인 용명개의 목소리가 들려왔다.

"분타주님, 산 주위를 수색하던 천강개들에게서 연락이 왔습니다."

"무슨 연락이냐?"

용명개는 안으로 들어오더니 구룡신개와 제갈장청에 허리까지 숙이며 깍듯이 인사를 하고는 보고를 시작했다.

"약 백 장 밖에서 창에 가슴이 뚫린 시신을 발견했는데 암흑무림의 음산귀조인 듯하다고 합니다."

"음산귀조? 암흑무림에서 단단히 준비를 하고 왔었군. 특이 사항은 없느냐?"

"거기서도 단서 같은 것은 발견된 것이 없었다고 합니다. 다만 음산귀조가 도망을 하던 중 공격을 받은 것 같았다고 합니다. 특히 얼굴에는 공포가 가득했다고 합니다."

순간 구룡신개와 제갈장청이 서로를 쳐다보았다.

둘은 모두 음산귀조에 대해 알고 있었다. 음산에서 무수한 살인과 강간으로 정파의 추격을 받자 도망쳐 들어간 곳이 바로 암흑무림이었다.

악랄하고 잔인하며 원한을 맺으면 반드시 몇 배로 갚는 악질이었다. 그런 자가 공포에 질려 도망을 치다 죽었다는 것은 상대가 얼마나 무서운 자였을지 짐작이 갔기 때문이었다.

"허허! 빨리 그자를 잡아야지 이러다가는 그자 때문에 무림이 혈세(血洗) 당할 수도 있겠습니다."

"장로님, 악양 거리에서 죽은 자들 중에는 혈사련도 있었습니다. 암흑무림과 정체불명인 자들도 거리에서 죽임을 당했지 않습니까? 창귀가 그를 쫓는 자들을 죽이고 다니는 것은 아닐까요?"

독행개의 말에 모두의 얼굴이 굳어졌다. 만약 그의 추

측이 맞는다면……

"다음 목표가 혈사련이 될 수도 있겠군요?"

황보진웅의 말에 제갈태운이 말을 받았다.

"혈사련에게 경고를 해 주어야 하는 것 아닐까요?"

그때, 제갈장청이 조심스럽게 입을 열었다.

"굳이 그럴 이유가 있겠느냐?"

"그게 무슨?"

"창귀는 지금 정파는 건드리지 않고 있다. 그런데 우리가 굳이 나서서 사파를 돕는다면 그를 자극하게 될 수도 있다는 말이다. 난 그에 대해 알아보는 것은 필요하지만 그와 사파간에 일어나는 일까지 관여하는 것은 지양하는 것이 맞다고 본다."

그의 말에 모두는 의아한 눈으로 그를 쳐다보았다.

의미심장한 의미가 그의 말 속에 담겼음을 느꼈기 때문이었다.

* * *

혈사련이 머물고 있는 악양 외곽의 객잔.

다른 곳과는 달리 그들은 정파의 눈을 굳이 피할 이유가 없었기에 버젓이 객잔을 통째로 빌려 머물고 있었다.

객잔의 중앙에 만들어진 작은 정자에 세 명의 남녀가

앉아 있었다. 그들의 주위에는 최소한 백 명은 되는 무인들이 객잔의 모든 곳을 점한 체, 완벽하게 경호를 서고 있었다.

"장발귀마와 유성귀혼 거기다 음산귀조까지 그놈에게 당했다면 지금 전력으로는 우리도 그놈을 이길 수 없다는 의미예요."

혈화귀연의 말에 태행일괴가 어불성설이라는 듯 반박했다.

"그놈들과 우리를 같은 선상에 두지 마라. 그놈들 정도는 나 혼자서도 상대할 수 있다."

새롭게 합류한 팔비도룡은 태행일괴의 말에 고개를 살래 저었다.

"태행일괴, 지금 상황은 큰 소리로 막아질 수 있는 일이 아니다. 혈화귀연의 의견대로 잠시 후퇴하는 것도 병법의 하나다."

"팔비도룡, 너는 그놈이 두렵냐? 우리와 이십 년 가까이 한솥밥을 먹던 야차귀도가 그놈에게 죽었다. 그런데 후퇴를 하자고! 그건 후퇴가 아니라 도망일 뿐이다."

"그럼 어쩌자고요? 악양거리에서 죽은 본 련의 무인들이 칠십여 명에 달해요. 그자는 신출귀몰하게 전혀 모습을 드러내지도 않고 그 많은 자들을 죽였어요. 그냥 탁 봐도 상황 파악이 되잖아요! 우리가 상대할 수 있는 자가 아니라고요."

"그래서 너도 도망을 가고 싶다는 거냐?"

"우리까지 아무런 이득도 없는 개죽음을 당할 수는 없잖아요!"

소리친 혈화귀연은 팔비도룡을 보며 다시 말했다.

"팔비 오라버니께서 결단을 하세요."

지금 그들의 지위는 같았다. 그렇다면 둘이 찬성을 하면 결정이 되는 것이었다.

팔비도룡의 표정이 곤혹스럽게 변했다. 친한 태행일괴의 편을 드느냐 자신과 같은 판단을 하고 있는 혈화귀연을 말을 듣느냐……

하지만 그의 고민은 오래가지 않았다. 의리보다는 자신의 목숨이 더 소중했기 때문이었다.

"혈화귀연 말대로 우선 후퇴한다."

그들 중 가장 똑똑한 혈화귀연 덕에 올바른 결정을 했지만 시간은 그들의 편이 아니었다.

"아악!"

"적이다!"

"으아악!"

갑자기 터져 나오는 비명 소리에 셋은 후다닥 자리를 박차고 일어섰다.

혈화귀연의 얼굴은 창백하게 사색으로 변했다. 그리고

태행일괴를 원망스러운 눈으로 쳐다보았다.

"하여간에 너 같이 미련한 놈하고 엮이는 것이 아니었는데……."

"뭐? 미련한 놈! 이 계집이 오냐오냐해 줬더니 머리끝까지 올라오려고 하네?"

그녀의 말에 태행일괴가 발끈하자 팔비도룡이 소리쳤다.

"지금 적이 코앞까지 닥쳤는데 뭐하는 거야! 지금 이 위기를 벗어나려면 합공밖에 없다. 빨리 전투준비부터 해라!"

팔비도룡의 말에 정신이 든 듯, 무기를 뽑아 들고 방어 자세를 취하는 그들이었다.

하나 수하들이 누구를 어떻게 공격하고 막을지 전혀 감도 못 잡은 채 죽어 나가는 모습을 두 눈으로 보고 있는 그들의 얼굴에는 이미 죽음을 예견한 듯 두려움이 가득했다.

그렇게 잠시, 드디어 그들의 앞에 창을 든 사신이 모습을 보이고 있었다.

지독하게 붉은 혈안과 함께였다.

(창룡군림 6권에서 계속)

환상이 숨쉬는 공간 파피루스 blog.naver.com/gnpdl7

구사(龜沙) 대체역사 장편소설

서울역 세종대왕

과거와 미래를 오가는 세종대왕의 일대기!

『서울역 세종대왕』

"저승은 분명 아니고…… 혹시 선계?"

열병을 앓고 미래의 조선에 도착한 이도
신문물의 향연에 어리둥절하던 것도 잠시

"허어, 오이도에 왜구가 나타난다고?"

예언서나 다름없는 조선왕조실록
미래의 물건을 가져오는 능력까지

**과거를 뒤바꾸고 강대국의 초석을 쌓아라
전지전능 세종대왕의 위대한 치세가 시작된다!**

환상이 숨쉬는 공간 파피루스 blog.naver.com/gnpdl7

샤이나크 현대판타지 장편소설

빌어먹을 아이돌

닳고 닳아 버린 뮤지션, 한시온
그는 절망했다

[피지컬 앨범 2억 장 판매]
[미션에 실패했습니다. 회귀합니다.]

최고의 재능을 모아도, 그래미 위너가 되어도
언제나처럼, 열아홉 살 그때로

무한한 세월, 끝도 없는 회귀
질식하기 전에 도망쳐야 한다

**여태껏 하기 싫었던
K-POP 아이돌이 되어서라도
그렇게 또다시, 열아홉이 되었다**